**Introduction :**

Et si le monde où nous vivions cachait des éléments surnaturels ?

Des éléments bienveillants ?

Pas sûr...

Mais lorsqu'on se trouve face à une créature meurtrière,

Quelle sera notre réaction ?

Telle est la question ...

Choisirons-nous de changer pour l'éternité ?

Ou de rester en sécurité ?

Nous ne pouvons pas savoir...

Enfin, pas encore...

Chloé Lehours

**Obnubilé par une bague**

© 2016, Chloé Lehours

Edition : BoD - Books on Demand
12/14 rond-point des Champs Elysées, 75008 Paris
Impression :  Books on Demand GmbH, Norderstedt, Allemagne
ISBN : 9782322131709
Dépôt légal : Décembre 2016

## Prologue

- **Non ! Je ne te le dirais pas !**

*Tu dois résister... Ne regarde pas ses yeux...*

- **Pour la dernière fois... Où l'as-tu mise ?**

- **Dans tes rêves.**

Il me lâche, enfin. Je finis ma course par terre. Je n'ose pas relever les yeux...

- **Bien. Comme tu voudras.**

Il s'approche lentement de moi, m'attrape de nouveau par les bras, avant de placer mon cou à trois centimètres de sa bouche.

- **Tu l'auras voulu.**

En moins d'une seconde, je sentis ses dents percer ma chair, laissant jaillir mon sang à l'intérieur de sa bouche. Je pousse un hurlement, un hurlement de douleur...

## Chapitre 1

*" Salut Camille,*

*Je suis contente de pouvoir enfin communiquer avec toi. Je t'envoie cette lettre, pour te parler de mon voyage. Mon voyage s'est très bien déroulé, il n'y a pas eu trop de bouchons, j'ai fait le trajet en seulement une heure trente. C'est pas mal du tout. Enfin, je suis arrivée maintenant. Je n'ai pas encore retrouvé mon chargeur de portable, avec tous les cartons, alors je t'envoie cette lettre, à l'ancienne. Je voulais aussi te dire que la nouvelle maison est super, elle est vraiment très grande. Je suis contente de prendre ce nouveau départ. J'espère ne pas rencontrer les mêmes problèmes... J'ai toujours la bague. C'est dommage de se séparer à cause d'elle. C'est dommage que tu sois devenue un Vampire... Je suis désolée, mais je devais me protéger d'eux, ils me mangeront sans pitié... Bref, j'espère que la bague fera son travail, et on se voit bientôt j'espère ! Je t'aime !*
*Ta sœur que tu aimes et qui t'aime"*

*****

**/PDV[1] SANDRA COLLINS/**

Encore une nouvelle journée ! Je me lève, de bonne humeur. Je ne sais pas ce que j'ai, mais je me sens super bien, en ce moment ! Je sors de mon lit, et je me dirige vers la cuisine. Je prends un peu de céréales, et je les mange

---

[1] PDV : Point De Vue

rapidement. Je vais ensuite m'habiller, avec un jean bleu et un T-shirt noir. J'ai un look assez simple. Je me brosse les dents, puis les cheveux. Je me maquille légèrement, juste un peu de mascara, pour donner une jolie forme à mes longs cils. Je prends ensuite les clefs de mon studio, et je me dirige vers mon arrêt de bus.

/FIN PDV SANDRA COLLINS/

\*\*\*\*\*

/PDV KEYH HANSON/

Je me réveille. Lentement... Je me redresse, mais où suis-je ? J'ouvre doucement mes yeux... Je suis dans un lit, dans une sorte d'hôpital. Les murs sont blancs, et l'odeur ne peut provenir que d'ici. J'ai aussi une perfusion, avec des sachets de sang. Je ne comprends pas... Mais où est-il ? Il ne m'a quand même pas emmené à l'hôpital après m'avoir mordu ? Mais ? Qui m'a emmené ici ?

J'entends quelqu'un entrer.

- Bonjour mademoiselle Hanson.
- Bonjour. Mais, pourquoi je suis ici ?
- Vous vous êtes fait attaquer par une bête sauvage. Elle vous a mordu à votre cou, regardez, vous avez un bandage.

Effectivement, j'ai bien un bandage, mais une bête sauvage ? J'en suis moins sûr... Satané Vampire...

- Mais qui m'a emmené ici ?
- Un chasseur de nuit vous a trouvée sur le bord de la route, il vous a ensuite immédiatement conduite ici. Cela arrive de plus en plus, les attaques d'animaux sauvage en pleine nuit !
- Vous savez comment s'appelle le chasseur ? J'aimerais le remercier !
- On ne sait pas, il a dû partir juste après vous avoir déposée, désolé.

- Ce n'est pas grave.

- Je vais vous examiner, maintenant, si vous le voulez bien.

- Bien sûr.

/FIN PDV KEYH HANSON/

*****

/PDV SANDRA COLLINS/

Je suis enfin arrivée au Lycée, après une heure de bus. Ce n'est pas trop tôt.

Maintenant, faut chercher mes potes.

Je regarde partout, mais je ne les voie pas....

- Sandra ! Sandra !

Je me retourne, c'est Marie.

- Salut Marie ! Tu sais où sont les autres ?

- Ouais, elles m'ont demandé de venir te chercher, viens.

Je suis donc mon amie, à travers les personnes qui se trouvent devant moi.

- On est là !

- Ah salut les filles !

Elles étaient sur les trois bancs, là où l'on passe tout notre temps.

- Salut Kate ! Salut Emily, Salut Léna !

J'ai quatre vraies amies. Kate, Marie, Emily et Léna. C'est les meilleures. On passe notre vie ensemble.

- **Alors,** dit Emily, **quoi de neuf ?**

- Eh bien pas grand chose à vrai dire... A part peut être...

- Quoi ? dirent les amies en cœur.

- Ethan m'a invité au bal du Lycée de la semaine prochaine!

- Mais c'est génial ! Léna est ravie pour moi, je pense.

- Oui trop !

*Dring.... Dring... Dring....*

La sonnerie retentit. On doit aller en cours. On commence par aller en histoire, j'aime beaucoup cette matière.

Je m'assois donc à côté de Léna. J'aperçois vaguement une nouvelle dans le fond de la classe, mais je n'y fais pas très attention, à vrai dire.

- **Bien. Aujourd'hui, avant de commencer mon cours, j'aimerais vous présenter la nouvelle élève de cette classe. Stéphanie Guylaume !**

- **Merci de cet accueil. J'ai hâte de commencer à travailler avec vous.**

Je pus entendre des "fayotes" à travers les discussions de chacun. Aucune maturité vraiment.

*****

Le cours terminé, et après une heure de maths plutôt longue, nous retournons dans le préau. Je descends les marches du Lycée, accompagné de Léna et Marie.

- **Ah salut les filles.** C'est Emily. **Vous étiez où ?**
- **Dans la queue. Il y a vraiment beaucoup de monde, ici.**
- **Vous voulez qu'on aille parler à la nouvelle ? Elle a l'air sympa.**
- **Bonne idée Kate.**

Nous nous dirigeons vers la nouvelle. Elle est assise sur les bancs, nos bancs, en plus.

- **Bonjour !**
- **Salut.**
- **Tu habites ici depuis combien de temps ?** Emily est vraiment très curieuse.
- **Euh... Depuis hier. Je suis arrivée en ville hier soir.**
- **Okey ! Parle-nous un peu de toi, on est tes amies maintenant !**
- **Emily !** Crie Léna. **C'est déplacé!**

- Non c'est bon. Et merci à vous de m'accueillir parmi vous, c'est vraiment très gentil.
- Mais de rien c'est normal. On est comme une famille, nous. Ah oui j'oubliais! Voici Léna, Kate, Marie et Sandra.
- Salut !
- Vous avez l'air sympa.
- On l'est.
- Emily !

Elle a le don de nous foudre la honte, celle-là.

*Dring... Dring... Dring...*

La sonnerie retentit à nouveau. On doit malheureusement retourner en cours.

-Ravie d'avoir fait votre connaissance.
- Idem pour nous ! A plus tard ! Kate se retourne vers nous, avec un signe de tête montrant qu'on doit se diriger vers notre salle de cours.

**/FIN PDV SANDRA COLLINS/**

*****

**/PDV KEYH HANSON/**

L'infirmière vient de quitter la pièce. Je me retrouve enfin seule. Ce n'est pas trop tôt. Je pris mon téléphone que l'infirmière m'a rendu, et je téléphone à mon amie, qui saura m'aider dans cette situation. Je compose rapidement son numéro, avant de placer mon portable au niveau de mon oreille, attendant d'entendre ça voix.

*"Conversation téléphonique"*
- *Allô ?*
- *Oui ?*
- *Ah Camille ! Que je suis contente de pouvoir enfin te parler !*

- *Keyh ? C'est toi ?*
- *Ben oui bien sur ! Tu voudrais que ce soit qui ?*
- *Je ne sais pas... Je suis un peu parano en ce moment.*
- *Bien. Alors tu as donné la bague à Steph?*
- *Oui oui t'inquiète, elle est arrivée à Londres hier soir, normalement.*
- *Nickel. Et bien moi, je suis à l'hôpital.*
- *Non, ce n'est pas vrai ? Mais qu'est-ce qui s'est passé ?*
- *Il m'a mordu.*
- *Quoi ?! Et les infirmières, elles ont dit quoi ?*
- *Elles pensent qu'un animal sauvage m'a mordu. Et c'est mieux comme ça.*
- *Mais il voulait quoi ? La bague ?*
- *Oui. Il m'a demandé où je l'avais mise, mais j'ai refusé de lui dire, évidement.*
- *Bien joué.*
- *Et toi ça va ?*
- *Oui oui, tranquille.... Je m'habitue à ma nouvelle vie...*
- *Tu m'étonnes. Je n'aimerais pas me transformer, moi.*
- *Si j'avais à choisir, je n'en serais pas là aujourd'hui, Keyh.*
- *Oui je sais...*
- *Elle me manque déjà.*
- *Qui ça ?*
- *Steph.*
- *A moi aussi... Elle va manquer à tout le monde, tu sais...*
- *Ouais... Bon bisou, je dois te laisser.*
- *D'accord. On reparle plus tard ?*
- *Oui.*

- *Bye.*

- *Bye.*

*"Fin de la conversation téléphonique"*
/FIN PDV KEYH HANSON/

*****

/PDV SANDRA COLLINS/

Enfin hors des cours. La matinée fut interminable. Heureusement que j'ai Emily pour faire passer le temps.

- **Bon, on fait quoi ?**
- **Vous voulez qu'on aille manger un bout au fastfood d'à côté ?**
- **Excellente idée Léna. On invite Stéphanie ?**
- **Ouais bonne idée.**

On cherche Stéphanie, avant de la trouver devant l'établissement. Elle paraît seule, donc elle acceptera sans doute de venir manger avec nous.

- **Hey ! Tu veux venir manger au fastfood avec nous ?**
- **Euh... Non désolé Emily, mais je dois rentrer... Une prochaine fois peut être.**

Elle nous sourit gentiment, en signe d'excuse.

- **Ce n'est rien. Une prochaine fois !**
- **Ce serait avec plaisir.**

On sourit une dernière fois à Emily, avant de ce rendre dans notre restaurant préféré. C'est vraiment bon là bas.

- **Bon. Passez votre commande et allez chercher une table.**
- **D'accord.**

On se dépêche de passer la commande, puis Marie et moi nous dirigeons vers une petite table, la seule restante.

Peu après, on vit arriver Kate, Emily et Léna, chacune avec les plateaux contenant nos repas.

- **Merci !**
- **Mais de rien ma chère !**
- **Emily stop.**

On rit. Elle nous les aura toute faite celle-là ! Bref, on rigole bien avec elle.

- **Bien. Moment "ragot".**
- **Emily sto…**
- **Non. Laisse-moi parler Léna. Que pensez-vous de Stéphanie ?**
- **Ben moi je la trouve sympa.**
- **Bien Kate. Tu joues le jeu au moins. Ensuite.**
- **Moi je la trouve distante.**
- **Pourquoi donc, Marie ?** Emily prit alors son air sophistiqué.
- **Ben, elle paraît ailleurs, on dirait qu'elle veut qu'on la laisse seule.**
- **Ben ça c'est à cause d' Emily, elle lui a fait peur.** J'explose de rire.
- **Eh !** Emily donne un coup de coude dans le ventre de Léna, qui fit semblant d'avoir mal. Ce qui provoque un fou rire général.
- **Bref, on pourrait devenir amies je pense.**
- **Totalement d'accord Kate.**

Je vis Léna fixer la porte. Elle fait une drôle de tête.

- **Eh... Ça va Léna ?**
- **Stéphanie.**
- **Eh ben, elle a quoi Stéphanie ?**
- **Elle est juste ici.**

Je me retourne, et effectivement, je vois Stéphanie entrer dans le restaurant.

## Chapitre 2

- Mais pourquoi est-elle là ?
- Elle n'est pas sensée venir !

Stéphanie nous regarde, elle s'approche lentement de nous.

- Salut les filles.
- Salut.
- J'ai changé d'avis, je peux manger avec vous ?
- Bien sûr ! Va passer ta commande.
- Merci Marie.

Stéphanie se dirige vers la caisse, commande son plat, et vient nous rejoindre, sur la dernière chaise de libre.

Il y a maintenant un silence gênant, sur cette table.

- Et... Parle-nous un peu de toi, Stéphanie.
- Et bien... Ma vie est banale, j'habite dans une maison proche du lycée, j'ai une sœur, Camille...
- Et Camille est ici ?
- Euh... Non...
- Okey.
- Et vous, présentez-vous, je ne vous connais pas très bien, à vrai dire.
- Et bien, moi c'est Sandra Collins, et j'habite dans le Lycée, je suis interne.

- Moi je suis interne aussi, et je m'appelle Marie, enchaine-t-elle, juste après moi.
- Ouais Idem pour moi. Je partage ma chambre avec Sandra, et je m'appelle Léna.
- Je l'appelle Kate. Je suis aussi interne. Je suis dans la même chambre que Marie.
- Et puis moi je suis Emily, par contre moi j'ai mon propre appartement, on se rejoint souvent dedans, à vrai dire. Emily a enlevé toute sorte de blague, elle est revenue calme, à présent.
- Wow, ça fait beaucoup de prénom à retenir !
- Ne t'inquiète pas, tu va y arriver.
- Ah oui, au fait, appelez-moi Steph.
- C'est ton surnom ? Demande Léna, même si c'est évident.
- Ouais, et puis j'aime bien.
- D'accord. Léna lance un sourire poli, puis la discussion reprend.
/FIN PDV SANDRA COLLINS/

*****

/PDV KEYH HANSON/

Toujours à l'hôpital, j'attends lentement que le temps passe. Je m'ennuie vraiment, ici. Et puis la bouffe est écœurante. Je dois rester une semaine, environ. Je me couche sur le côté, dos au mur. Je ferme mes yeux.

*****

J'entends un bruit. Il me réveille. Je me retourne rapidement vers la fenêtre. Une ombre se trouve dans ma chambre. Je la fixe. J'espère que ce n'est pas lui.
J'entends rire. Puis l'ombre retire sa cape, et s'approche de moi.
- Camille !

- **J'aime trop te faire peur. C'est excellent.**
- **Tu me soûles, tu sais. J'ai cru qu'il était de retour.**
- **C'est ça qui est drôle !**

Je lève les yeux en l'air. Elle m'exaspère, cette fille. Elle s'assoit sur mon lit, et commence à me parler.

- **Petite, pour une chambre.**
- **Oh tais-toi !**

Elle rit. Je l'aime beaucoup trop cette fille.

**/FIN PDV KEYH HANSON/**

*****

**/PDV STÉPHANIE GUYLAUME/**

On vient de quitter le fastfood. Ça fait du bien de parler, d'avoir des amies. On se dirige vers le lycée, pour allez en cours de français. Je parle avec Emily. Je l'aime beaucoup.

*****

Je suis assise en cours, à côté d'Emily.

- **Bonjour à tous. Je suis votre nouveau professeur de français. Je remplace votre ancien professeur, qui a été… euh… victime d'un accident.**

A la tête de mes camarades de classe, je conclus qu'ils n'étaient apparemment pas au courant.

- **Et pour voir votre niveau, je vais vous faire une petite interrogation écrite.**

Le professeur passe dans les rangs, distribuant des feuilles blanches. Lorsqu'il passe à mon niveau, sa main effleure la mienne. Rien de grave. Si…seulement ma bague, rouge de nature, vire de couleur bleu. Il n'y a pas photo. La bague ne se trompe jamais...

C'est un Vampire.

Je panique légèrement. Je n'ai encore jamais exterminé de Vampire. Ce sera la première fois.

*****

J'attends patiemment la fin du cours. Les élèves s'en vont, vers notre prochain cours. Je me dirige vers le professeur, un pieu de bois à la main, caché dans ma poche. J'en garde toujours un sur moi. Au cas où.

- **Que voulez-vous, mademoiselle Guylaume ?**
- **Et bien je voulais vous dire...**

Je lui plante le pieu en plein cœur. Il tombe par terre. Je le regarde. Je n'arrive pas à croire que c'est moi qui ai fait ça. Je le laisse, et sors de la salle en courant, en direction des toilettes. Mes mains sont rouges. Rouge Couleur Sang.

J'arrive. Je me lave les mains, comme il faut. Je ne veux pas que les autres s'aperçoivent de mon meurtre. Mais le corps ? J'ai oublié de cacher le corps ! Tout le monde va savoir que les Vampires existent ! Je cours de nouveau à travers les couloirs, en direction de la salle. J'entre, et vois le directeur, et deux autres profs. Il me regarde. Je dois trouver une excuse.

- **Je suis venu demander quelque chose à mon professeur de français... Mais je repasserais plus tard, ce n'est pas grave....**

Je fais rapidement demi-tour, afin de sortir du lycée. Ils savent, maintenant.

/FIN PDV STÉPHANIE GUYLAUME/

*****

/PDV SANDRA COLLINS/

- **Stéphanie a encore disparu.**
- **Oui, je ne sais pas où elle est, elle doit parler avec le prof.**

Je ne sais pas ce qui cloche avec cette fille, mais elle est plutôt étrange. Elle disparaît, réapparaît, sans nous dire où elle était.

- **Regardez !**

Léna montre Stéphanie du doigt. Elle se dirige vers nous.

- **Tu étais où ?**
- **Aux toilettes.**
- **Okey, on a quoi comme cours ?** Dit Kate, pour changer de sujet. C'est vrai que ça devenait gênant.
- **Dessin. Et après on a fini.**
- **On ira chez moi,** propose Emily.
- **D'accord Emily.**

*Dring... Dring... Dring...*

La sonnerie retentit. On retourne en cours.

**/FIN PDV SANDRA COLLINS/**

*****

**/PDV KEYH HANSON/**

- **Tu as faim ?** Me demande mon amie, avec un grand sourire sur les lèvres.
- **Un peu oui.**
- **Okey, je vais te chercher un truc à manger.**
- **Merci Camille.**
- **Mais de rien !**

Camille sort de ma chambre. Je m'allonge, pensant à toutes les conneries qu'elle a pu me dire. *Un bruit.* Je me retourne. *Une ombre.*

- **Camille ?**

Pas de réponse. *Un autre bruit.* Je me retourne, et là, sur moi, Aaron. Il était là.

- **Comment es-tu entré ?**

- **Ferme-la. Où tu l'as mise ?**
- **Je ne sais pas !**
- **Dépêche-toi Keyh. Ou je te tue.**
- **Ce serait dommage de me tuer, je suis la seule à savoir où elle est.**
- **Donc tu sais ! Dis-moi.**
- **Non !**

Il m'attrape, par la taille, comme s'il me faisait un câlin, seulement, ça n'a rien d'affectif. Il me porte, s'approche de la fenêtre, et saute jusqu'en bas, et se met à courir, rapidement, comme un Vampire, quoi. J'ai peur. Mais où m'emmène-t-il ?

**/FIN PDV KEYH HANSON/**

*****

**/PDV CAMILLE GUYLAUME/**

Je remonte à la chambre de Keyh, avec une boîte d'oréo. J'ouvre la porte de sa chambre, mais elle n'est pas là. La fenêtre est ouverte. Je regarde par celle-ci. Personne.

- **Oh le con.**

C'est lui. C'est Aaron. Il veut cette putain de bague !
Je saute par la fenêtre, et je cours, à travers la forêt. Je la retrouverais.

**/FIN PDV CAMILLE GUYLAUME/**

*****

**/PDV SANDRA COLLINS/**

Le cours de dessin est terminé, je sors de la salle de cours, et attends mes amies devant le lycée.

- **Hey.**
- **Salut Léna.**

Kate, Marie et Emily arrivent, pas très longtemps après.

- **Où est Stéphanie?**
- **Là.**

Kate montre Stéphanie du doigt. Elle arrive vers nous.

- **Je suis prête.**

On se dirige vers l'appartement d'Emily, tout en parlant.

\*\*\*\*\*

- **Entre.**

Nous rentrons dans l'appartement, qu'on connaît toutes par cœur.

- **Wow, c'est super joli !**
- **Merci Stéphanie.**
- **Appelle-moi Steph.**
- **D'accord Steph.**
- **Asseyez-vous. Je vais chercher le popcorn.**
- **Merci Emily.** Emily sourit, avant de s'éloigner dans l'autre pièce.

On s'assoit toutes, Léna et Kate sur les deux fauteuils, Marie, Steph et moi sommes sur le canapé. Il reste un fauteuil pour Emily.

- **Quelle journée ennuyante !**
- **Ça, tu l'as dit !**
- **C'est mon premier jour ici, et je me suis plutôt bien amusée.**
- **La chance !**
- **Voilà le popcorn !**

Emily nous interrompt, puis elle s'assoit, et pose le popcorn sur la table, au centre du salon.

- **Servez vous.**
- **Merci !**
- **Bon. Parlons du bal de Noël.**
- **Oh non !**

- **Tu as raison de te plaindre, Sandra, car on veut tous savoir !** Emily me regarde avec un sourire pervers.
- **Et bien, il m'a invité à aller au bal avec lui... C'est tout !**
- **Tu l'aimes ?** Léna adopte le même sourire, ce qui m'agace.
- **Mais non Léna !**
- **Vous êtes ensemble ?** Et voilà que Kate s'y met.
- **Chut !**
- **Dis-nous Sandra ! S'il te plaît !**

Emily me fait ses yeux de chien battu. C'est trop marrant.

- **Non ! Il n'y rien ! On regarde un film ?**
- **Ne change pas de sujet...**
- **Je n'ai plus rien à dire. On regarde "Annabelle", ça va à tout le monde ?**
- **Ouais !** S'exclame Steph, visiblement gênée.
- **Ouais ! Super !**

Je mets le film, et savoure le popcorn, encore tout chaud.

/FIN PDV SANDRA COLLINS/

\*\*\*\*\*

/PDV KEYH HANSON/

Aaron m'a enfermée dans une pièce. Je suis seule. Je ne sais pas comment je vais sortir d'ici. J'espère que Camille va venir me chercher...

- **Viens avec moi.**

Aaron vient d'ouvrir la porte, et m'a attrapée le bras. Il m'emmène dans une autre pièce, et m'attache à une chaise, avec des cordes solides.

- **Bien. Revenons au principal. La bague.**
- **Je ne te dirais pas où elle est.**
- **C'est Camille qui l'a ?**

- **Non !**

- **C'est toi ?**

- **Non !**

- **C'est Stéphanie, la sœur de Camille ?** Je panique.

- **N- No- Non !**

- **C'est elle.** Merde ! Mais quel con !

- **Non !**

- **Excuse-moi, je vais chercher la bague, et je reviens te délivrer.**

- **Tu ne sais même pas où est Steph !**

- **Je trouverais. Fais-moi confiance. Au revoir Keyh.**

Aaron sort par la porte de sa maison à une vitesse incroyable. Il me laisse seule. J'ai peur. Peur pour Stéphanie, peur pour moi, peur pour Camille… Je suis terrorisée, prise au piège sur cette chaise, impuissante face à ce monstre de la nuit.

*****

J'entends un bruit. *Un bruit de Vampire.* Je me redresse.
Une ombre tombe en face de moi.

- **Keyh !**

- **Camille ! Tu dois aider Stéphanie !**

- **Pourquoi ?**

- **Aaron est au courant.**

### Chapitre 3

**/PDV CAMILLE GUYLAUME/**

Je dois allez à Londres. Maintenant. Protéger ma sœur. Je détache Keyh.

**- Voilà, part, je dois aller à Londres.**

**- D'accord, je me débrouille, dépêche-toi !**

Je la remercie, avant de partir rapidement chez moi prendre ma voiture.

*****

J'arrive chez moi, peu après. Je vois quelqu'un bouger à travers les fenêtres. Qui est chez moi ? Je m'avance, tout en restant prudente. J'ouvre la porte, m'avance vers le salon.

*Quelqu'un m'attrape....*

**- Et tu pensais que j'allais t'oublier, Camille ?**

*Sa main sur ma bouche, je ne peux pas parler....*

**- Ah oui, c'est vrai, tu ne peux pas parler. Mais je n'ai pas besoin de tes paroles, une lettre suffit.**

*La lettre ? Il a lu la lettre de Steph ? Oh non... Tout mais pas ça...*

**- Bon. Pour pas que tu gâches tout, encore une fois, je vais t'injecter ceci.**

*Il me montre une seringue...*

**- C'est du sirop fait à partir d'épines de bois.** Il ne cache pas sa fierté.

*Du sirop? Mais comment l'a-t-il trouvé ? Je croyais que ça n'existait plus !*

Je me débats, en vain. *Je sens l'aiguille entrer en moi, et là, je ne ressens plus aucune force en moi, il me lâche, je m'écroule au sol...*

**- Adieu Camille.**

Il s'en va. Il sort de ma maison, me laissant ici, agonisante. Et c'est à ce moment-là que je regrette. Je regrette de l'avoir laissé entrer.

### Flash-Back

Assise sur mon canapé, regardant la télé, je me repose, après ma dure journée de travail.

*On frappe à la porte.*

Je me demande qui peut bien venir ici, à cette heure-ci, et plus. Bref, je me dirige vers la porte d'entrée, ouvre la porte, et tombe sur un charmant jeune homme, blond, les yeux bleus, avec un classeur dans les mains.

**- Oui, Bonjour, c'est pour quoi ?**

**- Bonjour à vous aussi, je suis ici pour vous parler du futur maire de la ville, mon père se présente.**

**- Ah euh... Très bien, entrez.**

Il entre. En passant, ça main effleure la mienne. Je ne sais pas pourquoi, mais je ressens une sensation bizarre, une sorte de froid glacial.

### Fin du Flash-Back

/FIN PDV CAMILLE GUYLAUME/

\*\*\*\*\*

/PDV SANDRA COLLINS/

**- Wow ! Il était trop bien, ce film !**

**- Mais grave !**

Emily éteint la télé. Elle nous propose une dernière fois du popcorn, avant d'aller le ranger à la cuisine.

**- C'est déjà dix-sept heures !** Dit Léna en regardant sa montre.

- **Ouais ! On devrait rentrer au dortoir.**
- **D'accord, ça marche,** dis-je.
- **- Je vais rentrer aussi.** J'avais oublié que Stéphanie ne dormait pas au Lycée.
- **Bon, on se voit demain Emily.**
- **Ouais bisou.**

On sort toutes de la maison. Nous descendons les marches, avant de sortir. Nous commençons à marcher en direction du Lycée.
- **Je dois passer par l'autre chemin, on se voit demain.**
- **Okey, à demain Stéphanie.**

Nous marchons, tout en parlant.

\*\*\*\*\*

Le repas terminé, je regagne ma chambre, avec Léna. Je m'allonge sur mon lit, pendant qu'elle utilise la salle de bain. Je décide d'aller un peu sur mon portable, afin de regarder mes nouveaux mails.

\*\*\*\*\*

Une fois douchée, je me couche dans mon lit.
- **Bonne nuit, Léna.**
- **Bonne nuit, Sandra.**

Et, en quelques secondes, je fus emportée dans les bras de Morphée.

/FIN PDV SANDRA COLLINS/

\*\*\*\*\*

### Jour 2
\*\*\*\*\*

/PDV LÉNA AHTER/

Le réveil sonne. Lentement, j'ouvre les yeux. Je me lève, toujours de manière lente. Je me dirige ensuite vers la salle de bain, et je m'habille. Je porte un T-shirt blanc, avec un jean noir. C'est plutôt cool. Je me lave les dents, brosse mes cheveux, avant d'aller réveiller Sandra.

- **Sandra ! Allez, réveille-toi !**
- **Huuum.**
- **Debout !**

J'enlève sa couverture, avant de prendre ses jambes, et de les faire glisser par terre.

- **Tu es en retard.**

Elle ouvre, enfin, les yeux, avant de se lever et d'aller s'habiller.

**/FIN PDV LÉNA AHTER/**

*****

**/PDV SANDRA COLLINS/**

Je décide de porter un T-shirt noir, accompagné d'un jean bleu ciel. Je prends aussi quelques bracelets, afin d'avoir quelques accessoires.

Je finis de me préparer, avant de rejoindre Léna.

- **Tu es prête ?**
- **Oui. Je prends mon sac et on peut y aller.**

*****

J'entre en classe d'histoire. Je me place à côté de Marie. Stéphanie est avec Kate, et Emily avec Léna.

- **Bien. D'abord, bonjour à tous !**
- **Bonjour Monsieur.**
- **Et ensuite, aujourd'hui, on accueille un nouvel élève. Que de nouveaux, en approche des vacances de Noël ! Je vous présente Aaron KADER.**

Un garçon blond, plutôt beau à vrai dire, arrive et se place à côté du professeur.

- **Bonjour !**

Il va ensuite s'assoir, au fond de la salle, à côté d'Ethan. Je le regarde. Il s'en aperçoit, *je ne suis pas discrète,* il me sourit.

- **Regarde le nouveau. Il est trop beau !**
- **Tu baves, Marie.**
- **Ah mince,** dit-elle en s'essuyant la bouche.
- **Je rigole.**

Je ris. Elle me fait trop rire celle-là.

**/FIN PDV SANDRA COLLINS/**

*****

**/PDV ÉMILY LAY/**

Je sors du cours d'histoire. En me dirigeant vers mon prochain cours, je me retrouve en face du nouveau, Aaron.

- **Sa-Salut.**
- **Salut. Dis-moi, tu pourrais venir avec moi à la bibliothèque, pendant la pause ?**
- **P- Pourquoi ?**

Il se trouve vraiment proche de moi...

- **Je n'ai pas tout compris au cours d'histoire, tu pourrais m'expliquer?**
- **B-Bien, d'accord.**
- **A tout à l'heure Emily.**

Comment connait-il mon prénom ? Je rougis légèrement. Je baisse les yeux. En les relevant, il a disparu. Il n'est plus là. C'est bizarre. Bref, après cette scène plutôt étrange, je me dirige vers mon prochain cours.

**/FIN PDV ÉMILY LAY/**

*****

/PDV SANDRA COLLINS/

Je suis avec Stéphanie, Kate, Marie... sur les bancs, comme à notre habitude. Les cours ne recommenceront que dans une vingtaine de minutes. Cool.

- **Ah oui, au fait, je devais vous dire...**
- **On t'écoute Emily.**
- **Aaron m'a donné rendez-vous à la bibliothèque, afin que je lui explique le cours d'histoire, il n'a pas très bien compris.**

Je peux voir Marie rager...

- **Ben, vas-y !**
- **Okey, à tout à l'heure.**
- **Bye.**

Marie ne parle pas, elle est déçue, je pense.

/FIN PDV SANDRA COLLINS/

*****

/PDV AARON KADER/

Je l'attends patiemment à l'intérieur de la bibliothèque. Elle entre à l'intérieur de celle-ci

- **Te voilà enfin.**
- **Désolée si je suis en retard.**
- **Ce n'est pas grave.** Je me force à sourire.
- **Au fait, avant qu'on ne commence à étudier, j'ai une question à te poser.**
- **Euh... Oui laquelle ?** Elle est méfiante. Je vais certainement devoir utiliser mes pouvoirs.
- **Stéphanie... Elle porte une bague sur elle ?** Autant y aller cash, et ne pas perdre mon temps avec une vulgaire mortelle.

- Et bien... Je pense que oui.
- Est-elle rouge ?
- Pourquoi cette question ?
- Réponds. Je suis déjà gentil de ne pas la tuer sur-le-champ, elle ne va pas me faire perdre mon temps non plus !
- Oui, je crois.
- Bien.

Je m'approche lentement d'elle. Je la regarde dans les yeux.
- Cette conversation n'a jamais eu lieu. On n'a fait qu'étudier. Maintenant retourne avec tes amies.

Elle me fit signe de la tête, avant de sortir, comme prévu.

/FIN PDV AARON KADER/

*****

/PDV KEYH HANSON/

Je viens d'arriver chez moi. Je suis contente que Camille soit arrivée à temps. Je décide de lui envoyer un message, afin de savoir si elle a réussi à l'arrêter.

*Message téléphonique*

**Keyh > Camille**

" Salut Camille! Tu as réussi à te rendre à Londres ?"

**Camille > Keyh**

" Dépêche-toi de venir chez moi, sinon je vais mourir ..."

**Keyh > Camille**

" J'arrive tout de suite ! "

*Fin message téléphonique*

Je ne sais pas pourquoi elle est mourante, ni pourquoi elle n'est pas à Londres, mais une chose est sûre, elle a besoin de moi. Je prends ma veste, j'entre dans ma voiture, et je fonce vers chez elle.

*****

J'entre dans sa maison. Elle est couchée sur le sol, et bouge très peu.

- **Camille ! Tu vas bien ?** Je sens l'angoisse prendre possession de moi.
- **E- Écoute moi....**
- **Oui, dis-moi !**
- **Il m'a injecté du sirop… en bois...**
- **Et comment on te soigne de ça ?**
- **Je dois boire du sang....**
- **Bois le mien.**
- **Non !**
- **Transforme-moi.**
- **Même si je bois ton sang tu ne seras pas un Vampire ...** Comme si je ne le savais pas…
- **Je veux être un Vampire.**
- **Non ! Je ne vais pas te faire ça !**
- **Je pourrais te protéger ! Et à deux, on a plus de chance de tuer Aaron!**
- **Je ne veux pas boire ton sang...**
- **Mais tu vas mourir sinon ! Et puis je veux !** Elle ne doit pas mourir. C'est ma seule vraie amie, je ne veux pas la perdre, et je ne permettrais à personne de la tuer.
- **D- D'accord, approche-toi...**

Je place mon cou au niveau de sa bouche. Mais j'ai peur. En une seconde, je sens ses dents qui me percent la peau, je pousse un cri de douleur ...

-**Et maintenant ?**

Camille se relève, elle a l'air de se sentir mieux...

**- Tu dois boire un peu de mon sang.**

Camille se mord son poignet, avant de le placer au niveau de ma bouche.

Ça me dégoûte, mais je n'ai pas le choix. C'est la seule manière de pouvoir protéger Camille.

Je trempe mes lèvres dans ce liquide rouge, avant de le boire.

**- C'est tout ?**

**- Non. Je dois te tuer, puis te ressusciter.**

**- Tu es sûre ?**

**- Fais-moi confiance.**

Je me lève, et le place en face de Camille. Elle place ses mains autour de mon cou.... Et puis... Trou noir.

**/FIN PDV KEYH HANSON/**

Chapitre 4

**/PDV STÉPHANIE GUYLAUME /**

Emily revient. Elle a l'air bizarre.

**- Ça va ? Tu lui as expliqué le cours ?** Léna pose sa main sur l'épaule d'Emily.

**- Euh... Oui... Enfin, je ne sais plus trop.** Emily a l'air bizarre, pas dans son état normal.

Je ne sais pas ce qui s'est passé avec Aaron, mais elle a l'air perturbée.

**- Emily, qu'est ce qui s'est passé ?** Je dois savoir. ..

**- Je ne sais plus, on a étudié c'est tout.**

Et si Aaron était un Vampire ? C'est obligé, elle n'a pas pu perdre la mémoire ? Si ?

**/FIN PDV STÉPHANIE GUYLAUME/**

*****

**/PDV KEYH HANSON/**

... Une lumière...

...Un bruit...

... Une odeur...

...Je la sens...

... Camille est là...

... Je l'écoute, J'entends sa voix...

- **Keyh ! Ça va ?** Camille est penchée, juste au dessus de moi.
- **Oui, je crois... Qu'est ce qui s'est passé ?** Je me redresse, afin d'être assise.
- **Tu es un Vampire maintenant.** Elle s'assoit à côté de moi.
- **Et... C'est fini ? Je suis enfin Vampire ?**
- **Il y a une dernière condition ...** Elle baisse les yeux, comme si elle voulait me cacher quelque chose.
- **Laquelle ?**
- **Tu dois te nourrir de sang humain, ou tu mourras.** Elle me fait des yeux coupables, mais je sais que ce n'est pas sa faute, uniquement la mienne.
- **D'accord...**
- **Je viens avec toi.**
- **Allons-y.** Elle se lève, suivie de moi.
- **Attends, reprends tes esprits, d'abord.** Elle m'aide à m'allonger par terre.

/FIN PDV KEYH HANSON/

*****

**/PDV STÉPHANIE GUYLAUME/**

Nous rentrons dans notre dernière heure avant le repas, je regarde Aaron.

Il s'assoit au fond de la classe, seul.

Je dois le toucher, afin de regarder si la couleur de ma bague change.

Mais sait-il qui je suis ? Pas sûr...

*****

A la fin du cours, je me dirige vers Aaron, la main comportant la bague dans la poche. On ne sait jamais.

- **Oui ?** Il me lance un regard interrogateur.

- **Euh... Je ... Non rien...**

Je frôle sa main, et, je fais demi-tour. En sortant de la salle, j'entends sa voix...

- **Au fait, ça va Stéphanie ?** Je sens une vague de froid glacial entrer en moi. Comme un frisson, mais en plus puissant.

Je me retourne.

- **Qui es-tu ? Et comment connais-tu mon nom ?** Une nouvelle sensation, la peur.

- **Veuillez continuer cette discussion hors de mon cours, s'il vous plaît.**

Je regarde le professeur, avant de sortir de la salle, suivie d'Aaron. En sortant, je commence à marcher vers les bancs, mais, avant que j'y parvienne, je sens une main me pousser contre le mur.

- **Où est-elle ?** Il serre les dents, et me lance un regard très agressif.

- **Qui ?**

- **La bague, abrutie !**

Je regarde ma main, alors c'est lui que je devais fuir... Il place sa main sur mon cou, le serrant de plus en plus.

- **Je ne l'ai pas !**

- **Keyh a balancé ! Donne-la moi tout de...**

- **M KADER, veuillez laisser Mlle Guylaume tranquille !** Le professeur vient de sortir de sa salle de cours, il se trouve à présent bras croisés devant la porte.

- **D'accord, Monsieur.** Il ne décroche pas son regard de moi. Je peux voir de la haine dans son regard, ce n'est pas fini, il n'abandonnera pas.

Il me lâche. Je pars en courant. J'ai peur.

Je jette un petit coup d'œil à ma bague. Comme je l'avais imaginé, elle est devenue bleue.

**/FIN PDV STÉPHANIE GUYLAUME/**

*****

**/PDV SANDRA COLLINS/**

- Stéphanie a encore disparu.

- **Je ne sais pas pourquoi**, dit Léna, **mais je sens qu'elle nous cache quelque chose.**

- **Tu as raison, Léna.**

- **On devrait l'interroger ?** Marie fait un petit geste avec ses sourcils.

- **Excellente idée, Marie.**

Je vois Steph arriver en courant vers nous.

- **Où tu étais, encore ?**

- **Nul-** elle a du mal à respirer, **Nulle part.**

Personne n'insiste. Cette fille est définitivement étrange. Elle nous cache quelque chose, c'est sûr, mais quoi ?

- **Bref... On va manger ?** Kate se frotte le ventre.

- **Okey, je propose... On va au fastfood?** J'aime bien aller manger au fastfood, on est tranquille là-bas. Et puis il n'y a pas que des plats gras, c'est bien.

- **Euh...**, dit Emily, **D'accord, bonne idée.**

- **Allons-y.** Je fais signe à mes amies de me suivre.

**/FIN PDV SANDRA COLLINS/**

*****

**/PDV KEYH HANSON/**

Je suis Camille, afin de faire ma première victime. Je suis prête. De toute façon, si je ne tue personne, je vais mourir. Mais je ne peux pas mourir, je dois protéger Camille. C'est pour ça que je me suis transformée.

- **Bien. Tu vois la personne, seule, marchant sur le trottoir?** Camille me montre du doigt une jeune femme.
- **Celle-là?** Je montre la même personne, afin d'être sûre que c'est elle.
- **Oui. Tu vas la tuer.** Elle me lance un regard amusé.
- **Et ensuite?** Je connais déjà la réponse, mais je veux quand même être sûre.
- **Tu vas la mordre, et la vider de son sang.**
- **D'accord.** Je commence à marcher vers ma prochaine victime, mais je sens quelque chose, ou plutôt quelqu'un me retenir.
- **Attends.** Elle a l'air inquiète.
- **Pourquoi ?**
- **Fait attention, c'est peut être un Vampire.** Elle est méfiante, elle veut vraiment me protéger, et j'apprécie ça. Mais bientôt, quand je serais officiellement Vampire, ce sera enfin à moi de la protéger.
- **T'inquiète pas pour moi. Ça va aller.**

/FIN PDV KEYH HANSON/

*****

/PDV STÉPHANIE GUYLAUME/

Après l'incident de tout à l'heure, je reste sur mes gardes. Je ne peux pas me faire prendre la bague.

Je suis au fastfood, avec mes nouvelles amies. Je suis ailleurs, pensant à ce qu'il pourrait me faire subir. Et, apparemment, elles l'ont remarqué.

- **Ça ne va pas ?** Kate me regarde dans les yeux.
- **Si, si ça va, je suis un peu perdue dans mes pensées, c'est tout.**
- **Tu es sûre ?** dit Léna, entre deux bouchées de frites. **On peut t'aider, si tu veux ?** Elle me met la main sur l'épaule, comme si elle voulait me mettre en confiance, afin que je lui avoue tout.

- **Oui, oui, je suis sûre.** Je ne peux pas leur dire, et puis, de toute façon, elles ne me croiraient pas.

*****

- **Regarde Emily, Aaron vient d'entrer dans le restaurant!** Un froid glacial parcourt mon corps, un froid que je connais. J'espère que ce n'est pas vrai.

Il arrive.

Il s'approche de notre table.

-**Salut Aaron !**

- **Salut Emily,** dit-il, sans décrocher son regard de moi. **Euh... Dites-moi, je peux vous emprunter Stéphanie quelques minutes ?**

Oh non... Tout mais pas ça ...

- **Oui, bien sûr !** On se voit plus tard.

- **Très bien.**

Je me lève, méfiante, et, malgré moi, je suis cet être malsain à l'extérieur.

- **Qu'est-ce que tu me veux ?** J'essaye de le regarder le plus méchamment possible, même si je sais que c'est inutile.

- **J'ai trouvé un super plan.**

- **Ah oui ? Lequel ?**

Il rit. Pas un rire agréable, non. Un rire malsain, un rire sadique, un rire de Vampire.

- **Je vais transformer ta nouvelle grande copine, Emily.** Il me lance un regard moqueur.

- **Quoi ? Mais tu ne peux pas ! C'est impossible !** Je ne peux pas le laisser faire ça ! Mais que dire aux filles ? Elles vont s'en doute penser que j'essaye de prendre Aaron à Emily ! Il ne doit pas faire ça, ça pourrait avoir des conséquences irréversibles.

- **Et bien... Si.** Il se frotte les mains, tout en haussant les épaules. **A moins que tu ne me donnes la bague ?**
- **Alors ça, jamais.** Jamais je ne lui passerais cette bague. Elle est unique. C'est la seule bague capable de reconnaître un Vampire !
- **Bien, alors Emily deviendra ma nouvelle partenaire.**
- **Mais tu sais que tu ne pourras pas la manipuler, une fois transformée.** Il n'a aucune chance.
- **Non, je sais bien. Par contre, si elle apprend que tu veux tuer les Vampires, donc la tuer aussi, elle m'aidera à reprendre cette Satané Bague.** Il hausse de nouveau les épaules, comme pour me montrer que je n'ai aucune chance, face à lui.
- **Emily est mon amie, elle n'acceptera jamais !** J'ai confiance en Emily, même si on se connaît depuis seulement deux jours, je sais que c'est quelqu'un de bien.
- **Dans ce cas, je la torturais avec le sirop. Elle ne pourra pas résister longtemps, et se soumettra à mes ordres.** Je n'avais pas pensé à cette possibilité. Il ne doit pas la transformer.
- **Tu ne la transformeras jamais !**
- **On verra bien. Au revoir Stéphanie.** Il pose sa main sur mon épaule, avant de s'en aller, vite, comme un Vampire.

Je dois prévenir Emily.

J'entre dans le fastfood, m'assois à ma place et je prends la parole.

- **Emily.**
- **Quoi ?** Elle a l'air énervé.
- **Tu ne dois pas approcher Aaron. Il est dangereux, s'il te plaît, fais-moi confiance.**

Je mets ma main sur son épaule, en la regardant dans les yeux, la suppliant du regard.

**- Et pourquoi ? Tu veux le garder pour toi toute seule, c'est ça ?** Quoi? Mais non ! Pourquoi elle pense ça ?

**- Mais non ! Je veux juste te protéger !** Il faut qu'elle m'écoute.

**- Pff, depuis le début tu es bizarre, et tu veux qu'on te fasse confiance?**

**- Je ne peux rien vous dire, pas pour l'instant, en tout cas... Mais une chose est sûre, vous devez me faire confiance. La vie d'Emily est en jeu.**

## Chapitre 5

/PDV KEYH HANSON/

Je m'approche lentement de cette femme. Jusqu'à ce que je me trouve juste derrière elle. En une fraction de seconde, je porte mes lèvres à son cou, je la mors, et je vois son sang.

C'est bon.

Très bon.

Vraiment bon.

Après l'avoir vidé complètement de tout son sang, je laisse le corps, et retourne voir mon amie, Camille.

- **Alors ?** dis-je en m'essuyant la bouche.
- **Pas mal, et plus, tu as eu l'air d'aimer.** Elle me fait un clin d'œil.
- **J'avoue, ce n'est pas mauvais.**
- **Je suis d'accord. Bon, maintenant, on va à Londres.** Elle me tend la main, m'emmène dans sa voiture, et démarre le moteur. C'est parti pour Londres.

/FIN PDV KEYH HANSON/

*****

/PDV SANDRA COLLINS/

Je ne sais pas qui elle est, mais elle commence à être vraiment bizarre, à mes yeux.

- **Stéphanie... Pourquoi Aaron voudrait-il tuer Emily ?** C'est juste trop bizarre.

- **Pour ça.** Steph nous montre sa bague, rouge.

- **Mais pourquoi veut-il me tuer pour cette bague ? Ça n'a pas de sens!** Emily se frotte le visage avec ses mains.

- **Je ne peux pas vous le dire, mais rappelez-vous, Aaron ne doit jamais avoir cette bague. Okey ?** Cette discussion devient de plus en plus étrange.

- **On va dire okey...** Léna semble d'accord, je le suis aussi, même si je ne comprends rien à son histoire.

- **Bien. Merci, merci beaucoup.** Stéphanie semble soulagée.

- **Mais de rien.** Je ne sais pas comment Emily fait pour garder son sang-froid en toute circonstance. Elle m'impressionnera toujours pour ça.

- **Ah oui, une dernière chose, Emily, n'invite jamais Aaron à entrer chez toi. Tu le regretterais.** Elle semble sérieuse, même si pour moi c'est du n'importe quoi.

- **D'accord, d'accord.**

- **Merci. Vraiment.**

*****

Mon téléphone vibre dans ma poche.

*Message téléphonique*

**Ethan > Sandra**

"Salut ma puce, ça te dirait de passer l'aprèm au parc avec moi ?"

**Sandra > Ethan**

"Salut ! D'accord, quand et à quelle heure ?"

**Ethan > Sandra**

"Demain aprèm, à quinze heures, ça te va ?"

**Sandra > Ethan**

*" Okey, ce sera parfait, à demain. "*

*\*Fin Message téléphonique\**

Je souris légèrement. Ce que Léna ne manque pas.

- **Qui te donne le sourire comme ça? Tu parles avec qui ?** Elle hausse les sourcils, tout en me lançant un regard marrant.
- **C'est Ethan.** Je baisse les yeux, car je sais qu'elles vont me poser un milliard de questions.
- **Et il te disait quoi, Ethan ?**
- **On a rendez-vous demain au parc.** Je sens que je vais regretter de leur avoir dit.
- **Wow ! Vous allez enfin sortir ensemble !** Je vous l'avais dit.
- **Mais c'est qui Ethan ?** Ah oui, J'avais oublié que Stéphanie ne le connaissait pas. C'est vrai que depuis le début de cette conversation, elle fait des yeux bizarres et paraît perdue. Je comprends mieux.
- **Le futur petit ami de Sandra !** Léna explose de rire. Je la tape gentiment.
- **Ferme-la Léna !** Je fais semblant de bouder. (Bras croisés, bouche bizarre...)
- **Je rigole !**
- **Bon, c'est qui alors ?** La pauvre Stéphanie qui ne comprend rien ...
- **Un mec du lycée, avec qui je parle souvent et qui m'accompagnera au bal de Noël, samedi soir.**
- **Wow, okey !** Ça sent l'amour, je suis d'accord avec Léna ! Steph fait des cœurs avec ses mains.
- **Chut !** J'explose de rire à mon tour, tout en tapant ses mains, pour qu'elle arrête.
- **C'est juste trop marrant de t'embêter.** C'est bien Léna ça.

- **Je sais, je sais...** je fais de nouveau semblant de bouder. Léna me fait un petit câlin, pour être sûre que je ne boude pas vraiment.
- **Vous parlez ensemble au Lycée ? Parce que je ne vois pas du tout qui c'est.** Stéphanie est curieuse, comme Emily.
- **Et bien, à vrai dire, pas trop...** je baisse les yeux, **On parle plus par message.**
- **C'est mignon.** Léna fait une bouche-cul-de-poule dans ma direction.
- **Je sais, je sais.** Je lui fais un clin d'œil.

**/FIN PDV SANDRA COLLINS/**

*****

**/PDV AARON KADER/**

Fier de mon plan, je retourne dans l'appartement non-habité que j'ai trouvé. Je dois avoir cette bague. Il ne faut pas que les humains puissent nous détecter. Ou ce sera la fin. La fin de notre espèce.

*\*Message téléphonique\**

***** > Aaron**

" Aaron, on a un problème."

**Aaron > Jess**

" Quoi ? J'espère que tu n'as pas fait foirer le plan Jess !"

**Jess > Aaron**

" Non, enfin, disons que ..."

**Aaron > Jess**

"Tu avais une seule mission ! Une ! Tu devais surveiller que Camille et Keyh restent à Wembley ! Qu'est ce qui s'est passé ?"

**Jess > Aaron**

"Et bien Keyh a guéri Camille et Camille a transformé Keyh... Et puis, elles sont en chemin pour Londres."

**Aaron > Jess**

"Mais pourquoi tu n'as pas injecté le sirop dans Camille ?"

**Jess > Aaron**

" On n'en avait pas assez pour les deux, et puis Keyh l'aurait sauvé de nouveau, C'était inutile."

**Aaron > Jess**

" Tu ne les as pas tuées ?"

**Jess > Aaron**

"Non, on en aura besoin pour convaincre Stéphanie de nous donner la bague. "

**Aaron > Jess**

"Bien. Récupère plus de sirop, suis-les, et injecte-leur une dose avant de les emmener à l'appartement non-habité dont je t'ai parlé. Préviens-moi quand c'est fait."

**Jess > Aaron**

" D'accord, ça marche."

*\*Fin message téléphonique\**

**/FIN PDV AARON KADER/**

*****

**/PDV SANDRA COLLINS/**

Nous retournons au Lycée. Nous allons en étude. Il nous reste plus que trois heures de cours, après c'est mercredi.

Je m'assois à côté de Stéphanie, ce qui n'est encore jamais produit depuis son arrivée.

**/FIN PDV SANDRA COLLINS/**

*****

**/PDV KEYH HANSON/**

Après une heure de route, pendant laquelle nous n'avons pas arrêté de grignoter, il nous reste plus qu'une demi-heure de route avant d'arriver à Londres.

- **Regarde Keyh !** Camille, qui conduit, me montre du doigt quelque chose sur la route.

Je tourne la tête, et vois un type avec une sorte de long manteau noir debout, au plein milieu de la route,

- **Ralentis !**

Camille s'arrête net. Très près du type louche.

- **Reste là.** Camille me fait signe de m'assoir sur mon siège.

-**Non, je viens.** Elle lève les yeux en l'air, avant de sortir de sa voiture. Je fais de même, en riant.

- **Qui êtes-vous ? Pouvez-vous sortir de la route s'il vous plaît ?** Camille reste calme, elle parle plutôt poliment. Ce qui me fait un peu rire.

- **Salut Camille. Salut Keyh.**

Comment connaît-il nos noms ? Je ne sais pas qui c'est, mais ce type nous connaît !

- **Qui es-tu ? Comment nous connais-tu ?** Camille vient de se placer juste devant moi. Comme si elle voulait me protéger, ce qui est inutile, maintenant que je suis un Vampire. L'homme s'approche de nous, et met sa main sur l'épaule de mon amie.

- **Je suis un ami d'Aaron.** Je regarde Camille. Elle me regarde. Il sourit. De manière sadique.

D'un coup, je sens une aiguille entrer en moi, j'ai mal...

J'entends Camille, elle hurle...

Et puis, une toute nouvelle sensation, je n'ai plus aucune force, je tombe au sol...

J'ouvre les yeux, je vois Camille, coucher sur la route, elle aussi...
J'ai peur...

- **Camille... Qu'est-ce qui m'arrive ?**
- **C'est...** Elle a aussi du mal à parler... **C'est du sirop d'épines de bois....** Je sens quelqu'un me porter... Je quitte le sol. Et puis, plus rien. Trou noir.

**/FIN PDV KEYH HANSON/**

*****

**/PDV SANDRA COLLINS/**

Après être sortie de musique, notre dernier cours de la journée, et avoir dit bonne nuit à Emily et Stéphanie, je me dirige vers les dortoirs, avec Léna, Kate et Marie. Arrivée aux portes de nos chambres, (Elles sont face à face, la chance), Kate prend la parole.

- **Ça vous dit un film ?** Elle croise les bras, en s'appuyant contre la porte.
- **Comment veux-tu qu'on fasse,** dit Léna, **nous ne sommes pas dans la même chambre !**
- **Vous venez dormir chez nous, on dort à quatre dans le lit, ce n'est pas cramé.** Kate rigole, à cause de son plan.
- **C'est autorisé ? On ne doit pas se faire prendre, alors.** Marie hausse les épaules.
- **On peut tenter.** Kate est vraiment motivée.
- **Okey, mais on fait nos devoirs, d'abord.** Je vais encore passer pour l'intello, mais sinon on ne les fera pas, et je le sais.
- **Okey, okey.** Kate lève les yeux en l'air. **Ça marche.**
- **Au pire,** dit Léna, **on ne doit pas en avoir beaucoup, c'est les vacances de Noël dans une semaine.**

C'est vrai. J'avais presque oublié. Vendredi soir, on est en vacances, et Samedi, c'est le bal de Noël. J'ai hâte.

- **C'est clair.** Je lui fais un clin d'œil.

- **Bon, vous venez dans notre chambre ?** Kate s'impatiente.

- **Allez, c'est parti, ça va être une soirée super.**

- **Dommage que Steph et Emily ne soient pas là.** Léna baisse les yeux.

- **Oh non ! On ne commence pas à déprimer ! On doit s'amuser, cette nuit !** Kate nous fait signe d'entrer.

On se dirige à l'intérieur de leur chambre, c'est la même que la nôtre, mais en beaucoup moins rangée. En même temps, avec Kate, ce n'est pas étonnant.

## Chapitre 6

**/PDV SANDRA COLLINS/**

Après avoir fini nos devoirs, difficilement je l'accorde, nous nous installâmes dans le grand lit deux places de Kate et Marie. Kate sur la droite, puis Léna, moi, et enfin Marie, tout à gauche. Il y avait une grande télévision, accrochée au plafond, comme dans les hôtels.

- **Bon,** dit Marie, **on regarde quoi ?**
- **Un film d'horreur,** répond Kate, en se frottant les mains.
- **Lequel ? Vous en connaissez des biens ?**
- **Moi, oui !** Léna lève la main.
- **Lequel ?** demande Marie.
- **Il s'appelle "Possédé.»,** répond-elle, en faisant une tête à la fois flippante et drôle.
- **Wow, ça a l'air de faire peur.**
- **Ouais. Je n'ai vu que la bande d'annonce, et j'ai fait des cauchemars pendant des jours.**
- **On le regarde !** crie Kate. Hommage à mes oreilles.
- **C'est parti !** Léna prit l'ordinateur portable de Kate et Marie, avant de le brancher à la télé, et de lancer le film. Personnellement, je ne sais pas comment elle a fait, je suis nulle en informatique.

*****

Après deux heures de film flippant, où Léna était à moitié couchée sur moi, nous regagnons notre chambre. Après s'être douchées, on se couche, avant de s'en dormir.

/FIN PDV SANDRA COLLINS/

*****
### Jour 3
*****

/PDV AARON KADER/

J'attends patiemment que Camille et Keyh se réveillent. Le sirop d'épine devrait diminuer son effet dans quelques minutes. J'ai envoyé Jess chez Stéphanie, il devrait la ramener dans peu de temps.

- Humm... Keyh bouge. Elle se retourne, et place sa main sur son ventre.

Il faut encore attendre un peu.

Camille bouge à son tour, et Keyh ouvre les yeux.

/FIN PDV AARON KADER/

*****

/PDV STÉPHANIE GUYLAUME/

Je me réveille, suite à des bruits étranges. Je sors de mon lit, méfiante, et surtout, à moitié endormie. Je me dirige vers la cuisine. La porte d'entrée est ouverte.

Une main sur ma bouche.

Je me débats, en vain.

Il me tire à l'extérieur. Je me débats toujours. Rien à faire, il est plus fort que moi. J'hurle de toutes mes forces.

/FIN PDV STÉPHANIE GUYLAUME/

*****

/PDV AARON KADER /

Camille ouvre les yeux.

On toque à la porte. Méfiant, je m'avance vers celle-ci, l'ouvre, et tombe sur mon cher ami, Jess. Et avec Stéphanie, en plus.

- **Wow, merci pour ce cadeau,** dis-je, en montrant Stéphanie du doigt. Jess me sourit, avec son rire sadique que j'aime.

- **Et ouais ! Regarde qui est là.** Il rigole.

- **Bon, ce n'est pas tout ça, mais on a une bague à récupérer, nous. Keyh et Camille doivent être assez réveillées.**

Lorsque je prononce le nom de sa sœur, Stéphanie s'agite, comme si elle pensait pouvoir s'échapper. C'est tout comme je l'avais prévu.

- **Très bien.**

- **Jess, emmène Stéphanie dans l'autre salle.**

Dans l'autre salle, Camille et Keyh sont étendues sur le sol, éveillées, mais dans l'incapacité de se relever, grâce au sirop, si efficace contre les Vampires.

Lorsque que Stéphanie voit sa sœur, elle ne peut s'empêcher de se débattre. Ce qui est inutile, bien évidement.

-**Bien.** Il est temps de lui expliquer. **Stéphanie, comme tu le vois, Camille et Keyh ont du sirop d'épine de bois dans leurs corps. La seule manière que tu as de les sauver, c'est qu'elles boivent ton sang. Seulement, on ne te lâchera pas tant que tu ne nous auras pas donné la bague.**

Je vois son visage s'effondrer. C'est le but. J'espère qu'elle va prendre la bonne décision.

- **Jess,** dis-je, **enlève ta main de sa bouche, afin qu'elle puisse parler.**

Il exécute mon ordre, sans broncher.

- **Lâchez mes amies ! Lâchez-les ! LACHEZ-LES, BANDE DE MONSTRES !** Elle hurle, c'était prévisible.

- **La bague.** Je tends la main en sa direction.
- **Ne- Ne fais pas ça…. Laisse n- nous mourir…**
Camille vient de prendre la parole. Je me retourne, lui lance un regard noir. Elle ne doit pas gâcher le plan.
- **La bague et on te lâche.**
Je tends la main de nouveau, elle enlève la bague de sa main, et, lentement, elle la dépose à l'intérieur de la mienne. La bague devient bleue.
A ce moment là, je fonce sur Jess, lui prends la main, et je cours, vite, très vite. On s'en va. On a réussi le plan.
**/FIN PDV AARON KADER/**

\*\*\*\*\*

**/PDV SANDRA COLLINS/**
Lentement, je me réveille. Je me frotte les yeux, tout en me redressant. Léna, dort toujours. Je m'approche de son lit, et la secoue, jusqu'à ce qu'elle ouvre les yeux.
- **Dépêche-toi !**
Elle ne me répond pas. Pas grave. Je me dirige vers la salle de bain, me lave les dents, avant de m'attacher les cheveux en chignon.
Ensuite, je vais vers mon placard afin de choisir mes habits. Je jette un coup d'œil à Léna, elle sort difficilement de son lit. Ça me fait rire. J'opte pour un gilet blanc, et un pantalon noir. Je vais ensuite enfiler tout ça pendant que Léna se traîne jusqu'à la salle de bain.

\*\*\*\*\*

Après avoir galéré à sortir Léna, nous rejoignons le lycée. Il suffit juste de traverser une rue, alors ce n'est pas trop compliqué.
Une fois arrivées dans la cour du lycée, on s'assoit sur les bancs, nos bancs. Mais une chose manque … Stéphanie.

- **Mais où est Stéphanie?**
- **Bonjour à toi aussi,** me répond Emily, en rigolant, évidemment.
- **Nan, mais sérieusement ?** C'est bizarre qu'elle ne soit pas là.
- **Je ne sais pas, elle n'est pas venue.** Marie hausse les épaules.
Bizarre. Cette fille est juste étrange, en fait.
- **Sinon, hier, on a regardé un super film à quatre !** Kate prend la parole, définitivement, Kate et ses films ...
- **Quoi ? Sans moi !** Emily ouvre la bouche, tout en plaçant une de ses mains sur sa poitrine, l'air choqué.
- **Et ouais.** Kate la nargue.

*Dring... Dring... Dring...*

La sonnerie retentit. On se dirige en cours, on a français.
Nous entrons dans la salle mais ce n'est pas notre professeur de français. Encore un nouveau.
- **Bonjour à tous. Je suis votre nouveau professeur de français, je sais que c'est le troisième cette semaine et j'en suis désolé. Bien. Avons-nous des absents ?**
- **Aaron et Stéphanie,** répond une fille que je ne connais pas plus que ça.
- **Wow ! Ça fait beaucoup ! Certains se croient déjà en vacances ! Il reste encore trois jours !** Ce prof vient à peine d'arriver, mais il m'énerve déjà.
Bref, le cours continue, malgré moi.
/FIN PDV SANDRA COLLINS/

*****

/PDV STÉPHANIE GUYLAUME/

Une fois que l'ami d'Aaron m'a lâché, je m'écroule au sol, en le voyant s'enfuir avec la bague. Ma bague. Rapidement, je me redresse, et je place mon poignet aux lèvres de Keyh. Elle boit. Elle boit beaucoup. Ensuite, je fais de même avec ma sœur.

Quelques minutes après les avoir nourries, elles ont repris des forces, et sont capables de se relever, et de marcher.

Camille me prend dans ses bras.

- **Merci, merci beaucoup!**
- **Mais... Et la bague ?** J'espère que j'ai pris la bonne décision en lui donnant. De toute façon, il m'aurait tué sinon... Et puis je devais sauver ma sœur, et Keyh.
- **Ce n'est pas grave,** elle me serre plus fort dans ses bras, **on la retrouvera.**

Je suis contente qu'elle ne m'en veuille pas. Je suis rassurée.

- **Bon, c'est quoi le plan, maintenant ?** demande Keyh, la nouvelle Vampire.
- **Honnêtement... Je ne sais pas... On va tout faire pour récupérer cette foutue bague avant qu'il ne la détruise...** Camille me lâche, baisse les yeux en croisant les bras.
- **Et on le retrouve comment ?**
- **On le cherche, et on commence par Wembley.**
- **D'accord ...**
- **Non. Steph, tu restes ici.** Camille me regarde droit dans les yeux, comme pour me dire qu'elle ne cédera pas.
- **Mais tu iras avec qui ?**
- **J'irais avec Keyh, c'est un Vampire, maintenant.** Elle me montre Keyh de la tête.

Alors Keyh est un Vampire? C'est étrange tout ça ! Pourquoi elle ?

- **D'accord.**

- **On doit y aller, pour le retrouver.**

Elle s'approche de moi, me prend dans ses bras, elle va me manquer... Je la serre très fort, avant de voir Camille et Keyh quitter l'appartement et s'en aller pour Wembley.

Je ne peux empêcher de laisser tomber une larme.

**/FIN PDV STÉPHANIE GUYLAUME/**

*****

**/PDV SANDRA COLLINS/**

Une fois le cours de français et l'heure de maths terminés, je vais sur les bancs, avec mes amies.

- **C'est dans deux heures ...** dis-je à voix basse.
- **Dans deux heures, il y a quoi ?** me dit Léna, me faisant un bisou de loin.

Elle le sait très bien, elle veut juste m'énerver.

- **Mon rendez-vous avec Ethan.** Je baisse les yeux.
- **C'est très bientôt !** Kate me met la main sur mon épaule.
- **Oui, dans deux heures.**

On continue de parler, de tout et de rien. Surtout d'Ethan.

Après quelques minutes, j'entends de nouveau la sonnerie.

*Dring... Dring... Dring...*

Plus que deux heures./**FIN PDV SANDRA COLLINS/**

## Chapitre 7

**/PDV SANDRA COLLINS/**

Après être sortie de cours d'Histoire, ennuyant, lui aussi, je me dirige vers le parc.

Je marche sur le trottoir, en tapant des pieds. Il n'y a toujours pas de neige, ici. J'arrive peu après au lieu du rendez-vous, puis je m'assois sur un banc, en attendant Ethan.

*****

Cinq minutes après, je le vois arriver en courant. Ses cheveux bouclés volent, suivant le vent. Ça me fait rire.

Lorsqu'il arrive à mon niveau, il s'appuie au banc, essoufflé. Je ris.

- **Je- Je suis en- en retard, désolé.** Il reprend peu à peu sa respiration.
- **Ne t'inquiète pas, ce n'est pas grave.** Je lui mets la main sur l'épaule.
- **Tu- Tu es prête pour le bal, samedi ?** Il me sourit, tout en respirant bizarrement.
- **Oui, oui. J'ai acheté une robe.** Je souris à mon tour.
- **C'est super. J'ai mon costume, moi aussi.** Il a repris son souffle. Je l'imagine en costume, je ris à cette image. Il me remarque.
- **Mais pourquoi tu ris ?** Il rit lui aussi.
- **Pour rien.** Je ris encore plus.
- **Okey, okey. Je retiens.** Il fait mine de bouder, les bras croisés et la bouche chelou.

Je lui fais un câlin.

**- Ne boude pas.**

**- D'accord.** Il me prend aussi dans ses bras.

/FIN PDV SANDRA COLLINS/

*****

/PDV STÉPHANIE GUYLAUME/

Chez moi, assise sur mon lit, je réfléchis. Je ne sais pas quoi faire pour aider ma sœur. Mais je dois trouver une solution, c'est en partie ma faute, je n'aurais pas dû le tester en cours, j'aurais dû l'ignorer dès le départ... Je regrette...

J'ai une idée.

Une idée en or.

Je sais parfaitement qui aller voir.

Une sorcière.

Je sais où elle habite. C'est une amie d'enfance. On se connaît depuis toujours, et c'est une sorcière. Elle a une sœur jumelle, sorcière aussi. Je sais qu'elle m'aidera, car même si c'est la guerre Vampire/Sorcière depuis longtemps, je sais qu'elle m'aidera. Elle me l'a promis le jour où elle m'a avoué être sorcière.

Je vais allez la voir. Elle habite à Wembley.

/FIN PDV STÉPHANIE GUYLAUME/

*****

/PDV LÉNA AHTER/

Je suis devant le Lycée, avec Kate, Marie et Emily. On parle de tout et de rien, en pensant au rendez-vous de Sandra et Ethan.

**- Vous voulez faire quoi, cet après-midi?** demande Emily, en croisant les jambes.

- **Je ne sais pas,** répond Kate, **vous voulez qu'on aille se promener en ville ?**
- **Bonne idée. Allons faire du shopping!** Marie saute sur place, en tapant dans ses mains.
- **Allons-y.** Je leur fais signe de me suivre, on va au centre ville. Il est assez grand, on trouvera de tout.

**/FIN PDV LÉNA AHTER/**

*****

**/PDV SANDRA COLLINS/**

Je parle toujours avec Ethan, sur le même banc. Nous n'avons pas bougé.
- **Et sinon, tu voudrais qu'on marche un peu ?** Ethan se lève du banc.
- **Euh... D'accord.** Je me lève aussi.

Nous sortons du parc, et nous nous dirigeons vers la forêt.
- **Tu veux que je passe te chercher, pour le bal ?** Il me fait un clin d'œil.
- **Et bien... Pourquoi pas après tout, tu sais où j'habite ?** Je lui rends son clin d'œil.
- **Ben oui, tu es interne.**
- **Comment tu le sais ?**
- **Tu me l'as déjà dit, et en plus, je suis aussi interne.** Il me sourit. Il a un sourire magnifique.

Nous continuons de marcher, côte à côte, toujours en parlant.

**/FIN PDV SANDRA COLLINS/**

*****

**/PDV STÉPHANIE GUYLAUME/**

Après m'être arrêtée acheter du pain, je continue de rouler jusqu'à Wembley, tout en savourant mon pain. J'avais vraiment faim. Je dois arriver le plus vite possible, et retourner à la maison des jumelles. Elles m'aideront.

*****

Après avoir roulé une heure et demie, j'arrive enfin à destination. Je gare ma voiture en face de la maison, cette maison que je connais si bien. J'arrête le moteur, avant de traverser la rue.

J'ai un peu peur de sa réaction.

Je frappe à la porte.

Elle ouvre.

**- Salut.**

**- Steph ? C'est toi ? Ça faisait longtemps!** Elle me prend dans ses bras.

**- Ouais, tu as raison ! Tu m'as manqué Salomé !** Je la serre très fort.

Elle me lâche, se retourne, et crie :

**- Alyssa, Alyssa ! Viens !**

Alyssa arrive, sort de la maison, me regarde dans les yeux, sourit, et me saute dans les bras. Tellement fort que j'ai failli tomber.

**- Stéphanie ! Ça faisait trop longtemps!**

Elle me lâche, après quelques secondes.

**- Vous m'avez manqué les jumelles. D'ailleurs, vous vous ressemblez toujours autant !**

Elles ont toutes les deux la peau marron, assortie à de beaux cheveux noirs, lisses. Elles sont magnifiques.

**- Ouais. Ne reste pas dehors, entre.** Alyssa me fait signe d'aller à l'intérieur.

J'entre, et suis Salomé. Elle m'emmène au salon. Je m'assois sur un fauteuil, autour de la table basse. Alyssa s'assoit en face de moi, sur un autre fauteuil, pendant que Salomé part à la cuisine.

- **Bon alors, quoi de neuf ?** Alyssa me sourit.
- **Beaucoup trop de choses.** Je souris à mon tour.

Je vois Salomé revenir, avec trois verres de jus de pomme. Mon préféré.

- **Je vois que tu t'en souviens,** dis-je, pendant qu'elle pose les jus sur la table.
- **Oui, comment l'oublier ?** Elle rit, tout en buvant son verre.

Je fis de même.

- **Les filles.** C'est le moment de leur parler d'Aaron et la bague.

Je pose mon verre sur le plateau.

- **Quoi ? Tu me fais peur Steph !** Alyssa me dévisage, et se frottant le menton, certainement pour essuyer le jus qui coule dessus.
- **Vous vous rappelez d'Aaron KADER ?** J'essaye de rester calme.
- **Aaron KADER....** Salomé réfléchit. **Ah oui ! Le Vampire psychopathe qui voulait absolument prendre la bague de ta sœur ?**

Je ris. Mais pas d'un rire joyeux.

- **Oui. Et ben, vous savez quoi ? Il a réussi.** Je baisse les yeux.
- **Qu- Quoi ?** Alyssa reste bouche-bée. **Mais comment c'est possible ? Camille ne l'aurait jamais laissé faire.**

Alyssa place sa main sur sa tête, l'air de réfléchir.

- **Et ben, en fait, Aaron a transformé ma sœur en Vampire et-** Salomé me coupe la parole
- **Quoi ? Attend, ce n'est pas possible ! Pas Camille !**
- **Écoute ... Ça fait déjà un an.** Je baisse les yeux.
- **Un an ? Mais ça fait combien de temps que nous ne nous sommes pas vue ?** Salomé est toujours étonnée du temps qui passe, et ça, depuis toujours.
- **Ça va faire deux ans je crois.**

- **Ça faisait longtemps.** Alyssa me sourit, en buvant la dernière gorgée de son jus de pommes.
- **Oui. Et puis, tout allait bien après ça, nous vivions comme avant. Jusqu'au jour où Aaron a découvert que la bague n'avait pas été détruite, comme Camille lui avait fait croire, mais que c'était Camille qui l'avait. C'était il y a quatre jours, et oui, seulement quatre jours. Et là, par sécurité, Camille m'a envoyé vivre à Londres. Mais comme vous pouvez le constater, je suis de retour.**
- **Et ensuite ?** Alyssa est apparemment captivée par mon récit, elle me regarde avec de grands yeux, comme si elle était étonnée.
- **Ensuite Aaron a découvert la vérité, et il a capturé ma sœur et Keyh, afin que je lui rende la bague.**
- **Wow, mais pourquoi est-il aussi obsédé par cette foutue bague ?** Salomé me regarde avec deux yeux pleins d'incompréhension.
- **Je ne sais pas... Sûrement parce qu'il ne veut pas que les humains puissent reconnaître un Vampire, je suppose que pour boire leur sang ce serait compliqué après ...**
- **C'est bizarre.** Alyssa me lance le même regard que sa sœur.
- **Oui. Et puis, vous vous rappelez la meilleure amie de ma sœur, Keyh?**
- **Euh,** dit Salomé, **oui.**
- **Camille l'a transformée en Vampire, il y a quelques heures.**
- **Quoi !?** Alyssa et Salomé se regardèrent, bouche-bée.
- **Et oui... Les filles... J'ai besoin de vous pour retrouver cette bague. C'est la seule bague pouvant repérer la présence d'un Vampire, c'est la seule pouvant nous empêcher de nous faire avoir, nous, les humains, vous devez m'aider.**

Je les regarde avec des yeux de pitié. Elles doivent m'aider.

Salomé regarde Alyssa, Alyssa regarde Salomé, elles doivent certainement communiquer par la pensée, ça doit être un truc de sorcières.

Au bout d'un moment, je vois Salomé qui hoche la tête, avant de me regarder dans les yeux. J'ai peur de sa réponse.

**- D'accord,** elle regarde Alyssa, **on va t'aider.**

Je suis juste contente. Soulagée, contente, heureuse. C'est juste génial. On va retrouver cette foutue bague.

**- Merci, merci beaucoup !**

Je me lève du fauteuil, cours en contournant la table, et saute dans les bras de Salomé, lui chuchotant merci à l'oreille, puis, je la lâche avant de faire de même avec sa sœur jumelle, Alyssa.

On va la retrouver, cette foutue bague.

Chapitre 8

/PDV LÉNA AHTER/

Marchant dans les rues de Londres, je regarde les boutiques, accompagnée d'Emily, Kate et Marie. Il doit être une heure et demie.

- **Wow ! Regardez moi ça !** Kate montre une boutique de chaussures, avec son doigt.

- **Elles sont splendides.** Emily s'avance vers la boutique.

Une chose en entraînant une autre, nous nous retrouvons à l'intérieur de celle-ci. C'est vrai qu'il y a des chaussures magnifiques ici. J'aime beaucoup. Quelque chose me dit qu'on ne repartira pas les mains vides.

Marie, qui fouille dans les boîtes depuis au moins dix minutes, sort une paire de chaussures à talons hauts, et nous la montre.

- **Regardez-moi cette merveille !** Elle nous tend la paire, noire.

- **C'est incroyable. Elles sont en velours, en plus.** Kate les frotte, pour étudier la matière.

- **Je les prends !** crie Marie.

Après que Marie ait vérifié qu'elle avait assez d'argent, elle se dirige vers la caisse, afin de payer cette paire de chaussures.

/FIN PDV LÉNA AHTER/

*****

/PDV STÉPHANIE GUYLAUME/

Les jumelles habitant à Wembley, il n'y a donc pas beaucoup de route à faire pour se rendre à l'appartement d'Aaron. C'est assez près. Les jumelles ont le pouvoir de localiser les gens, ce qui nous a beaucoup aidées.

- **Il faut établir un plan.** Alyssa, qui se situe à l'avant de la voiture, se frotte les mains.

- Oui. Mais lequel ? **Nous devons récupérer cette bague rapidement, pour ne pas qu'il l'a détruise, mais, sans qu'il nous capture ou ce genre de chose.** Ça risque d'être compliqué. Je me frotte la tête.

- **Et en plus,** rajoute Salomé, **on ne doit pas tomber sur Camille et Keyh.**

- Bien. **Ce que je propose,** Alyssa soupire, **c'est qu'on négocie quelque chose.**

- Mauvaise idée. Je mets ma main sur son épaule. **S'il sait qu'on cherche la bague, il va partir ailleurs, et, étant un Vampire, il nous sera difficile de le retrouver.**

- Stéphanie. Alyssa se retourne, et me regarde droit dans les yeux. **Les sorcières ont des pouvoirs que les humains et Vampires ignorent.**

- Comme ?

- **Nous te montrerons, l'heure venue.**

Et c'est sur cette mystérieuse phrase que le voyage s'acheva. Salomé gare la voiture, afin que l'on se rende à l'appartement d'Aaron.

**/FIN PDV STÉPHANIE GUYLAUME/**

*****

**/PDV SANDRA COLLINS/**

Toujours entrain de marcher dans la forêt, avec Ethan, depuis au moins une heure, notre complicité augmente de plus en plus.

- **Sandra, dis-moi, ton père, c'est un voleur ?** Il me sourit, comme pour m'avertir que je vais me prendre une vanne.

- **Non, pourquoi tu dis ça ?** Je ris d'avance.

- **Parce qu'il a volé toutes les étoiles du ciel pour les mettre dans tes yeux.** Il me sourit de nouveau, un sourire magnifique.

Wow. Je ne crois pas ce qu'il vient de me dire. C'est juste trop mignon. Je ne sais même pas quoi répondre, tellement que je suis choquée et émue.

- **Wow, Ethan...** je baisse les yeux.

Il ne me répond pas, et continue de marcher.

Je sens quelque chose m'attraper la main. En baissant les yeux vers celle-ci, je m'aperçois que ce n'est pas quelque chose, mais bel et bien Ethan. Je rougis.

Il me tient la main. C'est juste trop mignon.

- **Sandra, tu voudrais venir manger avec moi, au restaurant, ce midi ?**

Ses yeux s'illuminent.

- **Euh... Je...** Je panique légèrement, je ne sais pas trop quoi répondre. **Je... Oui...**

Je suis contente d'avoir accepté, même si j'ai un peu peur. C'est la première fois qu'on me propose un restaurant.

Ethan prend un air satisfait, qu'il lui va très bien, cela dit.

Toujours main dans la main, nous nous dirigeons vers la sortie de la forêt.

**/FIN PDV SANDRA COLLINS/**

*****

**/PDV LÉNA AHTER/**

Après être sortie de la boutique, nous continuons de marcher dans ce centre-ville.

- **J'ai faim.** Marie se frotte le ventre, tout en nous lançant des regards de pitié.

- **Vous voulez qu'on s'arrête à la pizzeria ?** propose Kate.

- **Oh oui, ce serait une excellente idée.** Je leur fais signe de recommencer à marcher.

Nous marchons quelques minutes, avant d'entrer dans la pizzeria. La meilleure de Londres.

- **Bonjour, mesdemoiselles.** Un serveur s'approche de nous. **Vous êtes combien ?**

- **Bonjour,** répond Emily, **Nous sommes quatre.**

- **Très bien, suivez-moi.**

Le serveur nous conduit à une petite table de quatre places. Nous nous y installons.

Peu après, ce même serveur nous apporte des menus.

/FIN PDV LÉNA AHTER/

*****

/PDV STÉPHANIE GUYLAUME/

Nous avançons, méfiantes. L'appartement d'Aaron n'est plus très loin. Je le sens. Nous montons des escaliers, pour le moins sordides, dans le silence complet. Personne n'ose parler, à vrai dire. Mais ce n'est pas un silence pesant.

Arrivé à destination, nous essayons d'ouvrir la porte. Par chance, celle-ci est ouverte.

- **Méfiez-vous.** Alyssa entre la première, suivie de moi, et de Salomé.

Quand, Salomé me touche l'épaule. Je me retourne.

- **Fais attention. Aaron peut te contrôler, grâce à son pouvoir de Vampire. S'il te regarde droit dans les yeux, il risque de te manipuler. Fais attention.**

J'acquiesce. Nous avançons, lentement. Pas longtemps après, en arrivant dans le salon, je me retrouve face à une scène épouvantable. Une scène affreuse.

- **Nooooooon!** Je tombe à genou par terre, en pleurant toutes les larmes de mon corps.

/FIN PDV STÉPHANIE GUYLAUME/

\*\*\*\*\*

/PDV LÉNA AHTER/

Une fois nos pizzas commandées, nous recommençons notre discussion.

- **Vous pensez quoi de Stéphanie ?** Emily parle beaucoup d'elle.
- **Je ne sais pas,** dit Kate, **mais elle est vraiment très étrange.**
- **C'est sûr,** proteste Marie, **après, elle est gentille.**
- **On l'a connaît depuis quelques jours seulement! Laissons-lui sa chance.** Je l'aime bien, moi.
- **Oui, après, elle n'était pas là aujourd'hui, ni Aaron d'ailleurs. Je trouve cela étrange.** Emily fait un regard marrant, genre une détective bourrée.
- **Vous vous rappelez qu'elle ne veut pas qu'Emily reste avec Aaron ?** demande Marie.
- **Oui, c'est étrange aussi.** Ça m'a fait bizarre, aussi.
- **Et puis ...** Je n'ai pas eu le temps de répondre, interrompue par le serveur emmenant nos plats.

/FIN PDV LÉNA AHTER/

\*\*\*\*\*

/PDV SANDRA COLLINS/

Assise à une crêperie, en face d'Ethan, j'attends patiemment l'arrivée de nos menus. J'ai très faim.

- **Quelle est ta matière préférée?** Ethan est spontané. J'aime bien ça.
- **Les sciences. Et toi ?** Je lui souris.
- **Moi aussi.** Il me sourit à son tour. Avec son magnifique sourire.

Peu après, les crêpes arrivent. Après avoir remercié le serveur, nous dégustons notre repas.

- **Ton animal préféré?** Je vois bien qu'Ethan essaye d'en apprendre plus sur moi. J'apprécie son geste.
- **Les chats. Et toi ?** Cette fois je ne souris pas, en même temps, c'est difficile en ayant la bouche pleine.
- **Moi aussi !** Il rit.
- **Nous avons beaucoup de points communs.** C'est amusant, nous nous ressemblons beaucoup.
- **C'est vrai, après tout, nous sommes peut-être des âmes sœurs ?** Il rit, en baissant les yeux et en remuant sa tête de droite à gauche.
- **Peut-être, oui.** Je ris aussi, en baissant les yeux, mais moi, c'est pour cacher le fait que je rougis.

**/FIN PDV SANDRA COLLINS/**

*****

**/PDV LÉNA AHTER/**

Après un repas plutôt délicieux, nous sortons de ce paradis, afin de continuer notre aprèm shopping.

En marchant, Kate aperçoit un magasin de sacs à main.

- **Wow ! Regardez-moi ces petites merveilles! Venez, on va jeter un coup d'œil.** Kate saute sur place, et ne nous cache pas son excitation. Elle a de l'argent à dépenser, et compte acheter plein de trucs.
- **Okey, on y va.** Marie commence à son tour à marcher jusqu'à cette boutique.

Une fois à l'intérieur, nous jetons des regards un peu partout, afin de trouver notre bonheur.

A peine cinq minutes plus tard, Kate nous sort un sac à main noir et rouge, plutôt joli, je l'avoue.

- **Regarde ça ! Il est parfait ! Je le prends.** Et, sans rien nous dire de plus, Kate va à la caisse, et paye sa trouvaille.

Après ça, Kate sort du magasin en trottinant, toute contente. Cela me fait rire, ainsi que Marie et Emily. On est plié. Dommage que Sandra ne soit pas là.

- **Où allons-nous maintenant ?** Emily fait exprès de reprendre la chanson de "Dora" ce qui nous fait beaucoup rire. Quelle comique.

- **On va voir une boutique de robe, pour samedi ?** Il m'en faudrait bien une, moi. Et je pense qu'elles pourraient m'aider à en trouver une.

- **Excellente idée Léna,** me répond Emily, **allons-y.**

Nous nous dirigeons donc vers la boutique aux robes de bal.

/FIN PDV LÉNA AHTER/

\*\*\*\*\*

/PDV STÉPHANIE GUYLAUME/

Une scène épouvantable. Je me cache les yeux, à l'aide de mes mains. Ce qui est inutile, cela dit, car avec les larmes qui coulent de mes yeux, ma vision est déjà trouble.

- **Viens là.** Salomé me relève, et me prend dans ses bras. Mais cette douleur ne disparaît pas. Elle est toujours là, présente depuis au moins cinq minutes. Le manque.

Vous vous demandez certainement pourquoi cela ? Je vais vous décrire cette salle...

Une salle remplie de sang. Mais pas n'importe quel sang... Car, au milieu de cette salle, deux corps inanimés gisent sur le sol... Avec un pieu. Un pieu enfoncé dans leur cœur. Et ses deux personnes, ce n'est pas n'importe qui. Ce sont des personnes incroyables et fantastiques à mes yeux...

Au cas où vous ne l'auriez pas deviné, au milieu de cette salle, se trouvent deux cadavres, celui de Camille et celui de Keyh...

**/FIN PDV STÉPHANIE GUYLAUME/**

## Chapitre 9

**/PDV LÉNA AHTER/**

Toujours dans la boutique de robes de bal, nous farfouillons un peu partout. J'ai trouvé deux robes. La première, elle est plutôt longue, et noire. La seconde, en revanche, elle est assez courte, et de couleur rouge.

- **Vous préférez laquelle ?** Je vais leur demander leur avis, surtout qu'elles ont déjà toutes trouvé leur robe.

- **Hum...** répond Marie. **J'aime bien la noire.** Elle touche la robe.

- **Moi, au contraire,** rétorque Emily, **je préfère la rouge, ça rappelle les couleurs de Noël, qui sont, je vous le rappelle, le rouge et le vert.**

En faite, je suis d'accord avec les deux. Le choix de Kate va déterminer le mien.

- **Et toi, Kate ?** Je lui lance un regard interrogateur, comme pour lui mettre la pression.

- **Je ne sais pas trop... J'aime bien la deuxième, la rouge.**

- **D'accord, je vais aller la payer.** Voilà, ce n'est pas plus difficile que ça. Si Sandra avait été là, nous aurions été quatre à voter, à tous les coups ça aurait fait du deux contre deux.

Je me dirige donc vers la caisse, et paye mon achat. Je suis plutôt fière.

Une fois avoir fini de payer, nous nous dirigeons de nouveau vers la rue, afin de continuer nos achats.

- **Regardez !** Kate nous montre une boutique de maquillage.

- **Allons-y !** répond Emily. **On doit en acheter pour Samedi !**

Une chose en entraînant une autre, nous finissons dans cette boutique.
/FIN PDV LÉNA AHTER/

\*\*\*\*\*

/PDV SANDRA COLLINS/

Une fois sortie de la crêperie, qui fut gratuite pour moi, merci Ethan, nous marchons, main dans la main.

- **Tu veux faire quoi, cet après-midi?** me demande Ethan.
- **Je ne sais pas, un cinéma, ça te plairait ?** Ça fait vraiment longtemps que je ne suis pas allée au cinéma. Ça me ferait plaisir d'y retourner.
- **Oui ! Pourquoi pas ! Tu as une idée du film ?** Il me sourit.
- **Non,** je baisse la tête, **pas vraiment.**
- **On verra bien.** Il me sourit encore, avant de m'emmener vers le ciné, toujours en me tenant la main.

/FIN PDV SANDRA COLLINS/

\*\*\*\*\*

/PDV STÉPHANIE GUYLAUME/

Je ne sais pas comment réagir. Je suis face aux cadavres de ma sœur et de sa meilleure amie. Je suis… choquée ? Je crois que c'est le mot.

- **On... On doit brûler les cadavres...** me dit Salomé, **afin que personne ne s'aperçoive de l'existence de ceux-ci...**
- **Tu... Tu peux sortir, si tu le désires...** rajoute Alyssa.
- **Non... Je vais y arriver.** Je ne suis pas sûre de penser ce que je dis, mais après tout, sortir ne les ramènera pas à la vie... J'ignore les larmes sur mes joues. Je dois être forte. Pour elles.
- **Bien...** Alyssa s'approche des corps.

- **Attends !** Elle se retourne. **Il n'y a pas d'autres solutions pour leur rendre la vie ?** Je sais que c'est impossible, mais une petite voix dans ma tête me demande d'insister.

- **Non. Je suis désolée.** Salomé s'approche de moi, mais je la repousse.

- **Sûre ?**

- **Sûre.** Alyssa se retourne, suivie de Salomé. En se prenant les mains, elles génèrent une énergie incroyable. Je le sens. Elles déposent ensuite leurs mains sur les corps, qui prennent feu presque instantanément. C'est incroyable les pouvoirs d'une sorcière.

Je pleure. Ma sœur est morte. Keyh aussi. Plus personne ne me protégera de ce monde cruel, à présent.

Je vois les corps de ces deux adorables personnes brûler, brûler jusqu'à ce qu'il ne reste que des cendres. Je ne sais pas pourquoi, mais j'ai l'impression de brûler une partie de moi... Cette sensation est juste affreuse. Et puis, une autre voix me dit qu'on n'aurait pas du faire ça...

**/FIN PDV STÉPHANIE GUYLAUME/**

*****

**/PDV LÉNA AHTER/**

Une fois dans la boutique, nous avons acheté beaucoup de chose. Mascara, fond de teint, en passant par du rouge à lèvres et du gloss. Après tous ces achats, nous décidons de rentrer chez Emily, afin de regarder un bon film, tout en se reposant après cet après-midi.

- **On est presque arrivé,** nous dit Emily, **tant mieux, je ne sens plus mes jambes !**

- **Moi non plus,** lui répond Kate, **le shopping, c'est fatigant.**

Personne n'enchaîne de phrase, et le trajet se finit dans le silence complet.

*****

Arrivée à destination, je m'assois sur un fauteuil, épuisée. Kate et Marie font de même, en occupant les deux autres fauteuils. Nous laissons tous nos sacs au sol. Emily prend le canapé.

- **Vous voulez faire quoi ?** nous demande Emily, allongée sur le canapé.
- **On regarde un film ?** Proposais-je.
- **Okey. Lequel ?** demande Kate, en se recoiffant les cheveux.
- **Euh... J'aimerais bien voir « Lucy », moi,** répond Marie.
- **D'accord,** Emily se lève, **je vais aller le mettre.**

Emily va chercher son ordinateur portable, et, après l'avoir branché à sa télé, elle lance le film.

**/FIN PDV LÉNA AHTER/**

*****

**/PDV STÉPHANIE GUYLAUME/**

En pleurant, je sors de l'appartement d'Aaron. Salomé et Alyssa se montrent très compatissantes envers moi. J'apprécie leurs gestes.

- **On...** Me dit Alyssa. **On va te ramener chez nous...**
- **Non, je vais retourner chez moi, à Londres.** Je me replace les cheveux.
- **Tu es sûre ?** me demande Salomé.
- **Oui. J'ai besoin de repos, et de solitude.** C'est vrai. J'essuie mes larmes qui coulent toujours.
- **Très bien... Tu veux qu'on te ramène ?** me propose Salomé.
- **Non, ça va aller. Je viens juste récupérer ma voiture chez vous.**
- **D'accord.** Alyssa regarde sa sœur, on dirait qu'elle parle encore par télépathie.

Je suis les filles, m'assois à l'arrière de leur voiture, sans un bruit, sans parler.

Je me sens juste mal... Elles étaient encore vivantes, il y a quelques heures.

Je sais que je devrais rester ici, et retrouver la bague, c'est ce que ma sœur voudrait, mais je ne peux pas. C'est trop dur d'affronter ça.

**/FIN PDV STÉPHANIE GUYLAUME/**

\*\*\*\*\*

**/PDV SANDRA COLLINS/**

Une fois sortie du cinéma, toujours avec Ethan, nous commençons à marcher dans la rue.

- **Ce film était juste trop bien !** dis-je à Ethan.
- **Je suis d'accord, on remet ça ?** répond Ethan, en touchant ses cheveux.
- **Bien sûr.**
- **Il est quelle heure ?** me demande-t-il, en me souriant.
- **Seize heures et demie.** Je lui réponds, en lui rendant son sourire.
- **Okey très bien, on a encore du temps.**
- **Oui, beaucoup.**
- **Tu...** Il baisse les yeux, sûrement car il rougit. **Tu voudrais venir chez mes parents, juste comme ça, pour visiter ?**

Je ne m'attendais pas à ça. Je suis choquée. Mais plutôt heureuse.

- **D'accord, allons-y.** Devant son étonnement, je rajoute : **C'est loin ?**
- **Non, c'est juste à côté, à quelques minutes de marche.**

Après avoir prononcé ces mots, Ethan me prit de nouveau la main, m'emmenant chez lui.

**/FIN PDV SANDRA COLLINS/**

\*\*\*\*\*

**/PDV STÉPHANIE GUYLAUME/**

Dans ma voiture, en route vers Londres, je réfléchis, je réfléchis à propos de Keyh, de Camille, d'Aaron, des jumelles... Tout ça est trop dur pour moi... Camille était tout. Tout ce qui me restait. Je ne vais pas remonter la pente, je ne vais pas réussir. Je veux juste m'éloigner de tout ça, avoir une vie normale d'une fille de dix-huit ans… Mais c'est impossible. C'est trop tard...

/FIN PDV STÉPHANIE GUYLAUME/

*****

/PDV SALOMÉ FILLER/

- **On doit faire quelque chose,** dis-je à Alyssa, en m'écroulant sur un fauteuil.
- **Oui,** me répond-elle, **mais quoi ? Aaron est un Vampire puissant !**
- **Je ne sais pas, mais on doit retrouver la bague.** Cette bague, en plus de pouvoir détecter la présence de Vampire, elle cache quelque chose. Quelque chose de très puissant, et Aaron l'a compris.
- **Nous devrions dire la vérité à Steph. Elle mérite de savoir.** Alyssa tient beaucoup à Steph, tout comme moi d'ailleurs. C'est une amie d'enfance.
- **Nous ne pouvons pas, Alyssa ! Si elle apprend la vérité, elle ne nous pardonnera jamais !**
- **Elle comprendra.** Alyssa imagine l'impossible. Comment peut-on pardonner une chose pareille ?
- **Nous aurions pu les ressusciter !** Je cache mon visage à l'intérieur de mes mains.
- **Je sais ! Je sais !** Elle s'énerve. **Mais à présent, c'est Aaron qui a la bague, et il ne faut pas qu'il abuse de son pouvoir !** La bague contient un produit capable de ressusciter un Vampire, elle ne doit pas être en de mauvaises mains.
- **Mais je sais, merde !** Alyssa croit toujours qu'Aaron est quelqu'un de bien, elle n'a pas encore compris que c'est un monstre, une machine programmée pour tuer !

- **Elle comprendra, il suffit juste de lui expliquer que les Vampires sont tous assoiffés de sang, et ce n'est pas parce que c'est sa sœur que c'est différent ! On aurait pu les ressusciter, c'est vrai, mais on ne l'a pas fait, pour la protéger ! Camille et Keyh ont beau être des personnes fantastiques, une fois Vampires, elles représentent un danger pour les humains et les sorcières, elles auraient pu la manger à tout moment.**

Alyssa se lève. Elle se met à genou devant moi, et me supplie d'accepter de tout dire à Steph.

- **Alyssa,** dis-je, **Nous allons d'abord essayer de retrouver la bague, la détruire, afin qu'aucun Vampire ne puisse ressusciter, et ensuite, on lui avouera tout, okey ?**

Elle ne doit pas tout dire à Stéphanie. Elle est déjà instable, après avoir perdu sa sœur, ce n'est pas le moment d'en rajouter une couche.

- **D'accord,** me répond ma sœur. Elle est redevenue calme.

- **Retournons à son appartement. On l'attendra là-bas.**

Je pris la main d'Alyssa, en l'emmenant vers notre voiture. Et c'est reparti.

**/FIN PDV SALOMÉ FILLER/**

\*\*\*\*\*

**/PDV ÉMILY LAY/**

En plein milieu du film, totalement passionnant, quelqu'un toque à ma porte.

- **Je vais voir qui c'est,** dis-je, en appuyant sur pause.
- **D'accord,** me répond Léna.

J'avance vers la porte d'entrée de ma maison. J'ouvre à porte. Ce n'est pas du tout la personne auquel je m'attendais.

- **Que fais-tu ici ?**

**/FIN PDV ÉMILY LAY/**

## Chapitre 10

**/PDV ÉMILY LAY/**

- **Bonjour à toi aussi,** me répond celui-ci. **Je venais te rendre visite.**

- **Et bien... Je n'ai pas très envie de traîner à ce toi...** Je baisse les yeux, écoutant les conseils de Stéphanie.

- **Et pourquoi ça, au juste ?** Il me regarde dans les yeux.

- **C'est Stéphanie.**

- **Et elle t'a dit quoi, au juste ?** Il me lance un regard interrogateur.

- **De t'éviter.** Je croise les bras.

- **Elle est juste jalouse !** S'énerve Aaron. Et oui, Aaron est ici, juste devant moi. **Elle est amoureuse de moi, elle est juste jalouse.**

- **D'accord, entre. Mes amies sont ici.**

Il me lance un regard satisfait, avant de pénétrer dans mon appartement. J'ai un mauvais pressentiment. Mais après tout, peut être qu'il a raison.

- **Salut tout le monde,** dit celui-ci, en se plaçant sur le canapé.

Les filles me dévisagent, comme pour me faire culpabiliser de ne pas avoir écouté mon amie Stéphanie.

- **On regarde « Lucy »,** répond Marie, d'un ton très sec.

- **D'accord, ça me va.**

Après cette réponse d'Aaron, je m'assois prudemment à côté de lui, afin de continuer à regarder le film.

Sans faire exprès, ma main effleure la sienne. A ce moment là, une sensation de froid glacial entre en moi. C'est bizarre, on dirait la mort, enfin, ma vision de la mort.

/FIN PDV ÉMILY LAY/

\*\*\*\*\*

/PDV SANDRA COLLINS/

J'avoue, j'ai un peu peur. C'est la première fois que je vais chez Ethan, ou que je vais chez un mec, d'ailleurs.

- **Nous sommes bientôt arrivés,** dit Ethan, comme pour détendre l'ambiance. Il a du sentir ma gêne.

- **Très bien.**

Quelques minutes après, me voilà devant une assez grande maison, ce qui m'étonne, étant donné qu'il est interne au Lycée.

- **C'est la maison de mes parents,** me dit-il, après avoir vu mon étonnement.

- **Mais ils sont en voyage,** rajoute-t-il, comme pour me rassurer.

- **D'accord, allons-y.** Je souffle. J'avance vers la maison, toujours main dans la main d'Ethan.

J'entre.


La première pièce, c'est le salon. Le papier peint est de couleur grise, assortie à du carrelage blanc. Il y a un canapé en cuir blanc, ainsi que deux fauteuils et une table basse en verre. Une télévision se trouve en face du canapé. C'est un écran plat. Il doit être riche, cette maison est splendide.

Il y a plusieurs cadres accrochés au mur, et une horloge, au dessus du canapé. Sous les meubles, se trouve un tapis gris clair, assorti aux murs. C'est très joli.

- **Tu aimes ?** me demande l'hôte de la maison, suite à mon étonnement.

- **C'est magnifique Ethan!** Il rit.

- **Assis-toi, je reviens.**

Il me fait signe de m'assoir sur le canapé, je m'exécute.

Quelques minutes plus tard, il revient, avec un gros plateau, avec du popcorn, du coca et des gâteaux apéritifs.

Il pose le tout sur la petite table.

- **Wow, Ethan !**

Je ne peux cacher mon étonnement. Tous ces efforts rien que pour moi !

- **Tu as vu ça ! Et ce n'est pas fini ...**

Je le regarde avec des yeux plein d'espoir. C'est vraiment parfait.

- **Tadam !** Il me sort un DVD, *"Nos étoiles contraires».* Je n'ai jamais vu ce film, mais tout le monde me dit qu'il est génial.

Ethan hausse les sourcils, avant d'aller mettre le DVD dans le lecteur, et de venir s'assoir à côté de moi, la télécommande à la main.

Il lance le film.

Doucement, il me prend la main.

A ce moment là, je pose délicatement ma tête sur son épaule.

Il sourit.

Je suis si bien près de lui.

/FIN PDV SANDRA COLLINS/

*****

/PDV ÉMILY LAY/

Une fois le film terminé, je me lève, et éteins la télévision.

- **Il commence à se faire tard,** me dit Léna.

- **Oui,** ajoute Marie, **il est dix huit heures. On va rentrer.**

- **D'accord. On se voit demain en cours ?**

- **Oui, évidemment,** répond Kate.

Je les guide jusqu'à la porte, les laissant sortir. Je referme ensuite la porte derrière eux.

Je me retourne.

Je vois Aaron, tranquillement assis sur le canapé, me lançant un regard de prétentieux.

Je m'approche de lui.

- **Tu ne pars pas ?** C'est l'heure pour moi d'être seule chez moi, et puis, sa présence m'angoisse.

En une seconde, il se retrouve à trois centimètres de moi.

- **J'ai besoin de toi, tu m'aimes et tu as confiance en moi.**

C'est comme s'il me manipulait. Toute crainte que je ressentais envers lui s'est évaporée. J'ai totalement confiance en lui, et je l'aime beaucoup plus, d'un coup.

- **Viens.**

Il m'attrape la main, et m'emmène loin, très loin. Et, je ne sais pas pourquoi, mais je ne lutte pas, j'ai confiance en lui.

**/FIN PDV ÉMILY LAY/**

*****

**/PDV SALOMÉ FILLER/**

- **Ça fait une demi-heure qu'on attend !** Alyssa s'impatiente, c'est vrai que c'est énervant au bout d'un moment.

*Un bruit.*

- **Il est là.** Je regarde Alyssa, lui fais signe de se préparer.

Il entre. Il n'a pas l'air surpris. Il tient une jeune fille, blonde. Je ne la connais pas. Mais elle n'a pas l'air inquiète.

- **Salomé, Alyssa. Ça faisait longtemps.**

Il se rappelle de nous. Un frisson envahit mon corps, à ce moment.

- **La bague.** Alyssa essaye d'être la plus convaincante possible.

Il rit. Pas un rire agréable, un rire sadique. Il se moque de nous. Il ne connaît pas la puissance des sorcières.

- **Aaron, la bague ou on te tue.** Je fronce les sourcils.

Il rit de nouveau.

- **Tu sais qui est cette personne ?**

Je ne sais pas, non, mais en tout cas, il prépare un mauvais plan.

- **Non, c'est qui ?** demande ma sœur, en se passant la main dans ses cheveux.

- **Emily, une amie de Stéphanie, si vous essayez de me tuer, je la tuerais sans hésiter. Vous ne voulez pas que votre chère amie perde une autre personne chère à ses yeux ?**

Alors là, je ne m'y attendais pas du tout. Je regarde ma sœur. Nous ne pouvons rien faire. C'est trop dangereux.

- **D'accord, d'accord. On s'en va.** J'essaye de cacher le dégoût qu'il m'inspire. Bordel que je le déteste !

Je ne veux pas partir, mais je n'ai pas le choix. Stéphanie ne supportera pas de perdre une amie de plus. Ce serait trop dur psychologiquement pour elle. Doucement, je m'éloigne d'Aaron, avançant vers la porte. Suivie par Alyssa. Nous sortons, et nous dirigeons vers notre voiture. Nous devons trouver une solution.

*****

Une fois le dîner préparé, je m'assois à table avec Alyssa. J'ai réchauffé des pâtes de la veille, je n'ai vraiment pas le moral à cuisiner.

- Écoute, nous devons trouver une solution, pour la bague, et puis, nous devons protéger Stéphanie. Ma sœur pose ses coudes sur la table, sûrement pour me montrer son sérieux.

- Oui. Écoute, nous devons protéger Stéphanie. Alors, je propose que nous allions vivre chez elle, à Londres.

Alyssa paraît choquée de ma proposition. Mais c'est la seule solution.

- **D'accord,** répond-elle, entre deux bouchées de pâtes. **Je vais lui envoyer un texto.**

- **Je m'en occupe.**

Je lui souris, et je prends mon téléphone portable.

*Message téléphonique*

**Salomé > Stéphanie**

"Moi et Alyssa allons venir vivre chez toi, tu es okey ?"

**Stéphanie > Salomé**

"Pourquoi ?"

**Salomé > Stéphanie**

"Pour t'aider, nous t'expliquerons"

**Stéphanie > Salomé**

" Mais vous n'allez pas changer votre vie pour moi quand même ? "

**Salomé > Stéphanie**

" T'inquiète pas pour nous. Je te rappelle qu'on ne va pas en cours, et que nous restons la plupart du temps chez nous, pour éviter tout danger. Ca ne nous dérange pas."

**Stéphanie > Salomé**

"Okey, je vous attends. "

*Fin message téléphonique*

Je suis contente qu'elle ait accepté, mais en même temps, je n'ai pas trop envie de quitter ma maison ... Mais je n'ai pas le choix, il le faut, pour Steph.

- **Alors ?** me demande Alyssa, pleine d'espoir.

- **C'est okey.**

Elle sourit, elle est vraiment heureuse, Stéphanie, c'était sa meilleure amie, avant. Elles vont pouvoir retisser des liens. C'est génial.

**/FIN PDV SALOMÉ FILLER/**

*****

**/PDV AARON KADER/**

Une fois les jumelles parties - mon plan a parfaitement fonctionné- je regarde Emily. J'ai faim, et elle est vraiment très appétissante.

Une chose en entraînant une autre, je place mes mains à son cou, la mords, et bois son sang, beaucoup de son sang. Elle pousse des cris de douleurs.

C'est bon.

Très bon.

Quelques minutes après, elle s'évanouit. Je lui ai pris trop de sang.

Pas grave.

Je laisse son corps au sol, attendant que celui-ci fabrique d'autres globules de sang frais.

En attendant, je regarde la bague, bleue. Je la prends dans mes mains, la fait tourner autour de mon doigt. Je réfléchis.

Comment faire sortir la substance d'ici ? Il y a bien un moyen. Et puis, j'ai beaucoup de Vampires à ressusciter.

Et puis Merde.

**/FIN PDV AARON KADER/**

*****

**/PDV SANDRA COLLINS/**

Je pleure. La fin est juste trop triste. Ethan me serre dans ses bras.

**- Rentrons au Lycée. Il est tard.**

J'acquiesce. Nous remettons nos chaussures, finissons les quelques gâteaux qui restent, avant de sortir de la maison, et de marcher, main dans la main, jusqu'au Lycée.

C'est le paradis. Je suis si bien. J'ai hâte d'être samedi, pour le bal. Ça va être génial.

**/FIN PDV SANDRA COLLINS/**

## Chapitre 11

*****

### Jour 4

*****

**/PDV AARON KADER/**

Je sors de mon lit, d'excellente humeur. J'admire la bague. Elle est bleue, brillante, bref, magnifique. Ce qu'il y a à l'intérieur, c'est encore plus magnifique.

Je m'avance vers ma cuisine. J'ai faim. J'ai des réserves de sang dans mon frigo, mais rien ne vaut le sang bien frais.

Je remarque quelqu'un couché au sol. Ah oui, j'avais oublié. Emily est toujours là.

Je m'approche d'elle, elle dort. Lentement, je la réveille.

Elle ouvre les yeux.

- **Où suis- je ?** me demande-t-elle.

Elle se frotte la tête. C'est vrai, se faire boire son sang fait mal à la tête.

- **Chez moi.** Je me penche au dessus d'elle, et je l'aide à se relever.

Je ne lui cache rien, de toute façon, je peux la manipuler quand je veux.

- **Je veux rentrer chez moi !** Elle fronce les sourcils. **J'ai cours, aujourd'hui.**

Je ris. Elle croit vraiment que je vais la laisser partir ?

Je ne sais pas pourquoi, mais j'ai envie qu'elle reste ici. Parce que j'ai envie de boire son sang, et puis je ne sais pas, je l'aime bien. C'est mon seul moyen de pression.

- **Arrête de parler !** Je lui prends les deux bras, afin de la tenir solidement. Je la regarde dans les yeux. Ses yeux sont bleus, de la même couleur que les miens. Je la manipule. - **À partir de maintenant, tu es mon esclave, tu m'obéis, tu fais tout ce que je te dis de faire.** - Voilà. Maintenant, elle m'obéit.

Quelques secondes après, je ne résiste pas à planter mes canines dans son cou, afin de boire ce liquide divin.

C'est tellement bon. C'est pire qu'une obsession. Personne ne peut juger avant d'y avoir goûté, c'est délicieux.

Je bois beaucoup de son sang, Beaucoup trop. Il ne faut pas que je la vide complètement, où elle mourra. Et, je ne sais pas pourquoi, mais je ne veux pas qu'elle meure.

Une minute après, elle s'évanouit de nouveau. Merde. J'en ai trop bu. Pas grave.

Je laisse cette jeune femme sur le sol de mon salon, attendant qu'elle se réveille.

À présent, je m'assois sur mon canapé et j'allume la télévision.

*****

Toujours assis tranquillement, devant la télé, je reçois un message. Mais qui vient me soûler à cette heure-là ?

*Message téléphonique*

**Jess > Aaron**

"Salut mon pote, j'ai une grande nouvelle à t'annoncer."

**Aaron > Jess**

"Qu'est ce que tu as encore fait ?"

**Jess > Aaron**

"Rien de spécial, à part que je suis un Vampire."

**Aaron > Jess**

" Quoi ? Tu es sérieux ? Ramène-toi à l'appartement tout de suite ! Tu as plein de chose à savoir ! Mais qui t'a transformé ?"

**Jess > Aaron**

"Oui ! Et c'est génial ! D'accord, j'arrive."

**Aaron > Jess**

"Dépêche-toi abruti."

**\*Fin message téléphonique\***


Ce type est complètement débile. Il croit qu'être un Vampire c'est génial ? Il a plein de chose à apprendre ! Et puis, il ne sait pas tout, il va devoir apprendre à se contrôler, pour ne pas se transformer à chaque fois qu'il voit un être humain ! Et puis, qui l'a transformé ? Un autre Vampire ? Mais qui? Cela voudrait dire qu'il y a d'autres créatures identiques à moi dans la région ? Mais qui ? Heureusement, j'ai la bague... Il ne faut pas que d'autres personnes ne l'aient. Beaucoup d'amis morts attendent que je les ressuscite, je ne dois pas les décevoir.

**/FIN PDV AARON KADER/**

*****

/PDV SANDRA COLLINS/

Mon réveil sonne. Je râle. Il faut déjà se lever.

- **Léna, debout, c'est l'heure.** Je la secoue, afin qu'elle ouvre les yeux.

Ensuite, malgré moi, je monte dans la douche, et me lave. Rapidement. J'aime bien être ici. L'eau chaude coule sur mon corps, me réveillant lentement. C'est très agréable. Ensuite, je passe mon shampoing dans mes cheveux, faisant ainsi de la mousse.

*****

Je m'habille. Il commence à faire vraiment froid, alors je choisis un jean noir, avec un pull en laine, de couleur blanc. Je prends aussi mes chaussures noires. Il faudrait peut être que je pense à m'acheter des bottes. Je me brosse les dents, pendant que Léna utilise la douche. Elle va encore être en retard. Je brosse ensuite mes longs cheveux bruns, avant de les attacher en queue de cheval, pour qu'ils sèchent.

Léna porte un pull violet, et un jean bleu ciel. Elle ne s'est pas attachée les cheveux.

Nous sortons de notre chambre, et je toque à la porte d'en face, la chambre de Marie et Kate.

C'est Marie qui nous ouvre la porte.

- **Vous êtes prêtes ?** demande Léna.

Marie appelle Kate, puis elles sortent dans le couloir.

- **Oui, allons-y.**

Nous marchons dans les couloirs, toutes les quatre ensembles, comme tous les jours depuis le début de l'année.

- **Alors,** me demande Kate, **Comment ça s'est passé, avec Ethan ?**

Je rougis, me rappelant cette après-midi parfaite.

- **Très bien, je suis même allée regarder un film chez lui, enfin, chez ses parents.**

Marie applaudit.

- **Mais c'est super ça !** Je rougis, et baisse les yeux. **Vous vous êtes embrassés ?**

- **Non,** dis-je, **mais nous nous sommes promenés main dans la main.**

- **C'est trop !** crie Léna, en se recoiffant. Elle aurait dû s'attacher les cheveux.

Je ris. Elles sont exceptionnelles, comme amies.

- **Et vous,** à moi de les harceler de questions, **votre aprèm ?**

Elles se regardèrent, avant que Léna prenne la parole.

- **Nous avons fait du shopping, et nous avons regardé un super film chez Emily.**

Kate hoche la tête, avant de prendre la parole à son tour :

- **Mais Aaron est arrivé en plein milieu du film, et l'a regardé avec nous.**

Quoi ? Aaron ? Chez Emily ? Mais elles n'ont pas écouté Stéphanie ?

- **Quoi ?** Je les dévisage toutes, une par une. **Vous n'avez pas écouté Steph ?**

Elles baissent toutes les yeux.

- **Si, c'est Emily qui l'a fait rentrer,** me répond Marie, en rougissant.

- **Okey, j'aurai une discussion avec elle.**

Après ça, il y a un silence gênant entre nous. Nous traversons la rue, afin d'arriver dans le lycée. Nous nous dirigeons vers nos bancs qui sont plein de neige. Je regarde partout, je ne vois pas Emily.

Je décide de leur demander.

- Où est Emily ?

- **Je ne sais pas,** répond Kate, **la dernière fois qu'on l'a vue, c'était hier soir, lorsqu'on a quitté son appartement.**

- **Et où était Aaron à ce moment là ?** C'est étrange, Emily n'est jamais en retard, et elle nous attend toujours ici, sur les bancs.

- **Avec elle, ils étaient tous les deux lorsqu'on est parti,** dit Léna, en baissant les yeux. Elle a du comprendre son erreur. Elles auraient dû écouter Stéphanie. Je ne sais pas pourquoi, mais j'ai un mauvais pressentiment.

- **Nous irons chez elle, ce soir, après les cours, si elle n'est pas arrivée,** propose Marie, suite à quoi nous acquiesçons toutes.

J'espère qu'il ne lui est rien arrivé.

*Dring... Dring... Dring...*

Et c'est reparti pour une journée de cours.

/FIN PDV SANDRA COLLINS/

\*\*\*\*\*

/PDV STÉPHANIE GUYLAUME/

Lentement, je me lève. Je n'ai même plus envie de vivre. Ma soeur me manque beaucoup trop. Keyh aussi. Malgré moi, je me dirige vers ma cuisine, je sors un bol de mon placard, puis un paquet de céréales. Je prends une brique de lait, et verse le tout dans le bol, avant de le manger.

Ensuite, je place le tout dans l'évier. Je suis fatiguée. Je n'ai pas réussi à dormir avant longtemps, hier soir. Comment les oublier ?

Je vais ensuite dans ma chambre, afin de m'habiller. Salomé et Alyssa ne vont pas tarder à arriver. J'opte pour un jean bleu et un gilet noir. Ensuite, je me lave les dents, me brosse les cheveux, et je m'allonge sur mon lit. J'ai vraiment sommeil.

*****

Quelqu'un sonne à la porte. Ça doit être les jumelles. Je sors de mon lit, et vais leur ouvrir la porte.
- **Salut les filles,** dis-je, en essayant de sourire.
Elles ont toutes les deux une grande valise, certainement pour stocker leurs fringues.
- **Salut, tu vas mieux ?** me demande Alyssa.
Je ne sais pas trop comment je pourrais aller mieux, sachant que je viens de perdre ma soeur. Je sais qu'elle l'a dit par politesse, mais c'est quand même absurde.
- **Oui...** Je ne veux pas les énerver, avec mes problèmes.
Elles entrèrent. Personne ne parle.
Je leur fais rapidement visiter la maison. Par chance, j'ai une deuxième chambre, prévue pour Camille, ou pour des amies. Elles pourront dormir ici.
Salomé brise le silence.
- **Nous allons rester quelques temps, afin qu'Aaron ne te fasse pas de mal.**
- **D'accord.** Je ne sais pas non plus ce qu'Aaron pourrait me faire, il m'a déjà tout pris. Tout. Ma soeur, la bague, tout. Il ne manque plus qu'il prenne ma vie, et là, il sera enfin content.
Comment peut-on être aussi méchant ?

**- Tu veux qu'on regarde un film ?** propose Alyssa.

Je n'ai pas le moral à ça, mais il faudra bien que je fasse quelque chose de mes journées. Alors j'accepte.

**- D'accord. Mais lequel ?**

**- Comme tu veux,** me répond mon amie d'enfance.

Alyssa sort son téléphone portable, va sur internet, et me dit :

**- Je vais aller voir les films à la mode.**

Je souris. Heureusement qu'elles sont là.


**/FIN PDV STÉPHANIE GUYLAUME/**

## Chapitre 12

**/PDV AARON KADER/**

Toujours assis sur mon canapé, j'attends que cet abruti de Jess arrive. Il m'a vraiment énervé.

Ça toque à la porte. Je vais ouvrir. Il entre.

- Salut. Il me sourit. Ça m'énerve encore plus.

- **Ta gueule !** Je passe ma main dans mes cheveux, **pourquoi tu as fait ça? Tu es débile ou quoi ?**

Il me regarde, l'air étonné. Il va tout gâcher.

- **Quoi ? Tu es bien un Vampire toi ! Et je ne t'engueule pas moi !** Il ne comprend pas. Il va être obsédé par le sang humain. Rien ne sera comme avant, pour lui.

- **Mais tu vas devoir te contrôler ! L'envie de boire du sang humain va être toujours présente ! Tu ne comprends pas que ta vie va changer ?**

C'est un putain d'idiot. Il ne comprend rien.

- **Écoute, Aaron. Tu n'es pas mon père, je fais ce que je veux.**

- **Qui t'a transformé ?** S'il y a des Vampires en ville, je dois le savoir.

- **Je ne peux pas te le dire.**

Il commence à me soûler. C'est qu'un gamin immature ! Si j'avais à choisir, je serais resté humain, moi !

Je lui fonce dessus, l'attrape au niveau de cou et le plaque contre le mur. Je le serre de plus en plus fort.

- **Je répète, qui t'a transformé?**

Il hésite à me le dire. Je le lâche, il ne faut pas qu'il meure.

Je passe de nouveau ma main dans mes cheveux, en m'asseyant sur le canapé. Il est complètement abruti.

Je mets ma tête dans mes mains.

Une minute de silence après, j'entends un bruit. Je lève la tête, et vois Jess boire le sang d'Emily. Mais il fait tout pour m'énerver ou quoi ?

- **Tu fais quoi, là?** Je le pousse violemment contre le mur.

Je vérifie que le cœur d'Emily batte toujours. Il ne faut pas qu'elle meure, j'ai besoin d'elle pour me nourrir.

- **Je me nourris,** me répond-il, en s'essuyant la bouche.

- **Écoute, tu vas dégager maintenant.** Il abuse. Ça ne va pas le faire avec moi.

- **Non.** Il rit. D'un rire sadique.

Non mais il croit vraiment que je vais l'écouter ? J'ai plus d'expérience que lui, j'ai cent cinquante huit ans !

- **Et tu crois que tu vas rester ici ? Qu'est-ce que tu feras, Jess ?**

- **Je dirais tout à Stéphanie. Toute la vérité.** Je déteste son petit sourire en coin. Je vais me le faire !

- **Et quelle vérité hein ? Tu ne sais rien de moi.** J'espère qu'on ne pense pas à la même vérité.

- **La vérité sur ta petite histoire avec Camille Guylaume.**

Quoi ? Mais il ne peut pas, il n'a pas le droit ! Cette vieille histoire est derrière nous, il ne peut pas la mettre au courant !

- **Tu n'as pas le droit de faire ça.** J'essaye de contrôler ma colère, afin de ne pas le tuer.

- **Et si !** Il s'en va. Très rapidement. Comme un Vampire. J'espère qu'il ne va pas lui dire. C'est trop personnel ! Elle ne doit pas savoir, c'est entre Camille et moi !

Je m'assois sur mon canapé. Ma tête dans mes mains, je réfléchis. J'ai peur. Peur de faire la même erreur. Ce n'était qu'un plan, à la base... Je ne pensais pas que ça finirait comme ça...

**/FIN PDV AARON KADER/**

*****

**/SANDRA COLLINS/**

En sortant de cours de maths, je marche rapidement dans les couloirs, afin d'aller sur les bancs.

Je sens une main se poser sur mon épaule. Je me retourne.

- **Ethan !** Je souris. Il me fait oublier mes problèmes, ceux d'Emily.

- **Ça va, ma puce ?** Il me fait un bisou sur la joue.

Je rougis. Je me sens mal à l'aise lorsqu'il fait ça. Mais c'est trop mignon.

- **Oui oui, et toi ?**

Je baisse les yeux. C'est une des premières fois qu'il me montre des signes d'affection en public.

- **Oui.** Il me sourit, avant de partir par l'autre couloir.

Je continue mon chemin, souriante.

*****

Je m'assois sur les bancs, à côté de Léna, Kate et Marie. Ça fait bizarre, sans Emily.

- **Je t'ai vue,** me dit Kate, en riant.

- **Je ne vois pas de quoi tu parles...** Je lève les yeux en l'air, en faisant une tête d'innocente.

- **C'est marrant.** Léna se replace les cheveux. **Vous allez bien ensemble.**

Je n'ai pas le temps de râler en disant que nous ne sommes pas ensemble, car la sonnerie sonne de nouveau, ce qui fait beaucoup rire Léna.

*****

Le cours de physique étant fini, je suis mes amies dans les couloirs, pour allez manger. Une fois arrivées en bas des escaliers, Marie prend la parole.

- **Vous voulez aller manger où ?**
- **Allons à la cantine du Lycée,** propose Kate, en souriant.
- **D'accord, ça marche.**

Je prends Léna par le bras, avant de me diriger vers le self. Aujourd'hui, c'est buffet à volonté.

Une fois assise sur une petite table de quatre, en face de Kate et à côté de Marie, je commence à manger mon repas. C'est des pâtes, avec du steak haché. C'est vraiment bon.

Nous mangeons rapidement, car nous recommençons bientôt les cours.

*****

Après ce repas plutôt silencieux, nous débarrassons nos plateaux, avant d'aller dans la salle des Lycéens. Cette pièce, elle est géniale. Il y a des canapés, des fauteuils, des magazines... Et puis surtout, c'est à l'intérieur. Il fait chaud, dedans.

Je m'assois sur le canapé, en face de Léna.

- **Nous avons quoi, comme cours ?** demande Marie, en s'étirant.
- **Histoire, je crois.** Kate baille.
- **Je ne sais pas vous, mais j'ai envie de ne rien faire, aujourd'hui !** C'est vrai. Je suis crevée. Il se passe trop de chose, en quelques jours. Et puis, en plus, j'ai du mal à me concentrer, avec la disparition d'Emily.

Je ne sais pas où elle peut être. Elle nous aurait prévenu, si elle loupait les cours, au moins pour qu'on prenne ses devoirs ! Ce n'est pas son genre de disparaître sans prévenir.

Et puis Aaron. Ce type est juste louche, et puis, ils étaient tous les deux, lorsque les filles sont parties. Je suis sûre qu'il y a un rapport avec lui. D'ailleurs, il n'est toujours pas revenu en cours ! Il est venu qu'une journée. C'est juste bizarre.

C'est dommage que personne n'ait l'adresse de Stéphanie, on aurait pu faire un tour chez elle, pour prendre de ses nouvelles. Nous ne la connaissons pas très bien, mais elle est sympa.

Aucune d'entre nous ne parle. Nous sommes fatiguées. Ce silence n'est pas pesant, ni gênant. Nous ne bougeons pas, sauf Kate qui joue avec ses cheveux bruns.

D'ailleurs, sans Emily et Steph, nous sommes toutes brunes. Emily est blonde, et Stéphanie est rousse.

/FIN PDV SANDRA COLLINS/

\*\*\*\*\*

/PDV STÉPHANIE GUYLAUME/

Je mange de la ratatouille, avec Salomé et Alyssa. Je me sens moins seule, et c'est bien. Nous parlons de sujets vastes, comme à notre habitude. Nous retissons des liens, comme avant.

- **Alors, tu t'es fais des amies, ici ?** demande Alyssa, entre deux bouchées.
- **Oui, des filles géniales.** C'est vrai, elles sont exceptionnelles. Elles m'ont accueillie, à bras ouverts, sans me rejeter lorsque je faisais des erreurs. Et pourtant, on se connaît depuis seulement quatre jours.

- **Elles s'appellent comment ?** Salomé est toujours aussi curieuse. Ça, ça n'a pas changé.
- **Il y a Marie, Kate, Sandra, Léna et Emily,** dis-je, en souriant.
Pourtant, je peux voir qu'elles se regardent fixement, l'air de réfléchir. Ou de se parler par télépathie, je ne sais pas trop. C'est bizarre. Elles ne sont pas contentes pour moi ?
- **Vous faites des têtes de déterrés,** je rajoute cette phrase, suite au silence pesant qui s'installe.
- **Ce... Ce n'est rien,** me répond Alyssa, même si je peux voir qu'elle me ment.
- **Arrêtez de mentir, vous n'êtes pas contentes pour moi ?**
Elles ont de nouveau des têtes étranges.
- **Si, si, ce n'est pas ça.** Salomé prend une autre bouchée de ratatouille.
- **Ben c'est quoi, alors ?** Je leur lance un regard interrogateur, et je force dessus, pour qu'elles comprennent que je ne les lâcherais pas avant d'avoir des réponses à mes questions.
- **Rien.** Alyssa baisse les yeux en buvant un verre d'eau.
- **S'il vous plaît,** j'insiste, **j'en ai marre de tous ses secrets !** Ce sont maintenant des regards implorants, que je leur lance, afin de les convaincre. Elles évitent mon regard. Mais qu'est-ce qu'elles me cachent ?
Quelqu'un toque à la porte.
- **Je vais ouvrir,** dis-je, avant de sortir de table. Nous étions tranquilles depuis à peine quelques heures, et, déjà quelqu'un vient nous déranger. Ce n'est pas grave, je les harcèlerais de questions plus tard.
J'ouvre la porte. Je reconnais cet homme. C'est celui qui m'a kidnappé, l'autre jour, afin de m'emmener chez Aaron. Mais qu'est ce qu'il fait ici ?

Je commence à fermer la porte, mais il la bloque, à l'aide de ses mains. J'ai peur. J'appelle mes amies sorcières. Elles ne tardent pas à arriver.

- **Que veux-tu ?** demande Alyssa, en me plaçant derrière elle.

- **Je ne veux pas vous tuer, juste parler,** répond-il.

- **Et tu penses qu'on va te croire eh... ?** enchaîne Salomé.

- **Jess. Je m'appelle Jess. J'étais un ami d'Aaron, mais je dois absolument raconter la vérité à Stéphanie !**

Je vois le visage de Salomé et d'Alyssa se figer. Mais quelle vérité ? Que me cache-t-elle ?

**/FIN PDV STÉPHANIE GUYLAUME/**

Chapitre 13

**/PDV SANDRA COLLINS/**

Après avoir passé l'heure d'histoire à parler avec Léna, nous nous dirigeons vers notre prochain cours, l'art plastique. Dans les couloirs, je cherche la salle. Nous croisons les terminales C, qui se dirigent vers la salle d'histoire. Bon courage à eux, car ce cours est juste ennuyant. Comme tous les cours, d'ailleurs.

En cours d'art, je suis à côté de Marie. La prof nous demande de dessiner l'endroit de nos rêves. Elle ajoute que l'on peut rajouter des amies, si nous voulons.

Alors, sans hésiter, je dessine une grande plage, avec la mer, cinq... euh non, sept transats, avec Kate, Marie, Emily, Léna, Ethan, Stéphanie et moi. Je rajoute quelques parasols, des boissons fraîches, et d'autres petites choses sans importance. Je suis plutôt fière du résultat.

Je jette un coup d'œil au dessin de Marie : elle, elle a dessiné le salon d'Emily, avec nous dessus, en train de regarder un film. Ça me fait rire. Comme quoi, Marie aime vraiment sa vie.

*****

Après ce cours, nous retournons à notre place préférée, les bancs. On s'assoit, malgré l'épaisseur de neige présente dessus. A peine quelques secondes après, Kate prend la parole.

- **Vous êtes prêtes pour samedi ?**

- **Ouais, trop !** Répond Léna, **vous y allez avec qui ?**

J'avoue, je ne sais pas avec qui elles y vont. Je n'ai même pas posé la question.

- **Moi, j'y vais avec Ethan.** Elles le savent toutes, mais je leur dis quand même. Pourquoi ? Honnêtement, je ne sais pas.

- **Moi,** enchaîne Marie, **j'y vais avec Alex.** Elle sourit.

Alex ? Elle y va avec Alex ? Alex, c'est le frère de Léna. Il est au lycée, en terminale B. (Nous, nous sommes en terminale E) Il ressemble beaucoup à Léna. Ses cheveux sont bruns, comme Léna. Ils ont aussi les mêmes yeux, tous deux de couleur marron.

- **Avec mon frère ?** s'exclame Léna. Je la comprends, en même temps.

- **Oui, et, pour information, c'est lui qui m'a invitée.**

Léna est bouche-bée. C'est excellent.

- **Bref,** j'essaye de relancer la conversation, **et vous, Kate et Léna, vous y allez avec qui ?**

- **Avec Lewis,** répond Léna.

Lewis, c'est un gars de notre classe. Il n'est pas spécialement beau, mais il est super sympa. Il a des cheveux blonds, avec les yeux marron.

- **Et moi, j'irais avec Joey.**

Joey est en terminale, lui aussi, mais je serais incapable de dire laquelle. Il est brun, aux yeux bleus.

Bien, nous avons donc avec nous : Ethan, Alex, Lewis et Joey.

- **Vous savez avec qui y va Emily ?** demande Kate.

- **Non, elle ne nous en a pas parlé,** répond Marie, en se replaçant les cheveux.

- **Certainement avec Aaron.** Je crois que Léna aurait mieux fait de se taire...

- **Je n'espère pas.** Je n'aime pas Aaron. Ce type est juste chelou.

- **Et Stéphanie ?** enchaîne Léna, comme pour éviter le malaise qu'elle a installé.

- **Aucune idée.**

Il y a un silence. Nous avons toutes hâte d'aller à la fête. Ça va juste être génial. En plus, j'y vais avec Ethan. Ça va être parfait.

La sonnerie retentit, nous allons en cours de sport. C'est notre dernière heure de sport avant les vacances. Super.

Avec le professeur, nous marchons en direction du gymnase. C'est encore le moment de parler, et on ne s'en prive pas.

*****

Après nous être changées dans les vestiaires, nous allons dans la salle de gym. Je porte un jogging gris, avec un T-shirt noir. Enfin, c'est plutôt un débardeur.

Nous commençons la séance par des roulades, avant puis arrière. Nous enchainons par des roues.

Ensuite, le prof installe des tapis, avec des trampolines. Pendant une heure, nous faisons des saltos avant, au dessus du tapis.

/FIN PDV SANDRA COLLINS/

*****

/PDV STÉPHANIE GUYLAUME/


- **Quoi ? Quelle vérité ?** Je dévisage les sorcières.

Elles baissent les yeux.

- **Jess ! Dis-moi !** J'hurle. C'est un mélange de peine et de colère.

- **Écoute,** commence Jess, avant de se faire interrompre par Salomé.

- **Ferme-la !** hurle-t-elle.

- **Tu n'as pas le droit de lui en parler, c'est de l'histoire ancienne !** rajoute Alyssa.

Mais qu'est-ce qui se passe ? Pourquoi je suis toujours la dernière au courant ?

Alyssa claque la porte. Je la regarde, et, ne pouvant plus me contrôler, j'explose en pleurs, en allant dans ma chambre.

Je me couche sur mon lit, en cachant ma tête dans mon oreiller. J'entends les jumelles entrer.

- **Stéphanie...** Alyssa me touche l'épaule.

- **Non ! Laissez-moi tranquille !**

Elles ne peuvent pas me cacher des choses, et me parler comme si de rien n'était. Elles n'ont pas le droit. Je ne sortirais plus de ma chambre, je vais bouder comme une gamine de trois ans.

- **Écoute-nous...**

- **Non ! Je ne veux pas vous écouter ! Sortez de ma chambre !**

Je les entends partir. Elles ferment la porte. Je me retrouve, enfin, seule. Je suis triste. Trop triste.

Je pense à tous les moments passés avec ma sœur, Camille. C'est trop. Je me rappelle encore du jour où elle est devenue Vampire...

**Flash-Back**

Comme toujours, je suis sur l'ordinateur, dans la chambre de Camille. Je joue à des jeux, regarde des vidéos... Camille est partie deux jours chez une amie, qu'elle ne m'a pas encore présentée. Je ne sais pas qui c'est.

J'entends quelqu'un entrer. C'est elle.

- **Stéphanie !** Elle paraît paniquée.

- **Quoi ?**

- **Il... Enfin elle m'a transformée !**

Je vois son visage changé, lorsqu'elle me regarde. Mais transformée en quoi?

- **Quoi ? En quoi ?** Je ne comprends rien.

Camille se calme, verse une larme qu'elle essuie à l'aide de son pull, s'assoit sur son lit, en face de moi. Elle me prend les mains, et me dit :

- **Je sais que c'est difficile à croire... Mais tu as bien cru Alyssa et Salomé, l'année dernière...**

- **Quoi ?** J'ai peur...

- **Quelqu'un m'a transformée en Vampire...**

Je n'y crois pas. Je jette un coup d'œil à la bague, et, effectivement, elle est bleue.

- **Mais pourquoi ?** C'est affreux, rien ne sera comme avant.

- **Pour la bague.** Elle me la tend.

- **Mais tu ne lui as pas donné ?** Je me recoiffe, en croisant les bras.

- **Non. Je vais faire croire que Salomé et Alyssa l'ont détruite. Je vais la cacher ici.**

Elle me montre un petit coffre.

- **Ne crée pas de problème à Alyssa et Salomé !** Elles sont des amies formidables. Même si je ne les ai pas vues depuis l'année dernière, elles comptent beaucoup pour moi.

- **Ne t'inquiète pas pour elles.**

- **Qui t'a transformé?** Peu importe qui c'est, il va payer.

- **Tu sais, le Vampire psychopathe qui voulait la bague, l'année dernière, quand il prétendait que c'était la sienne ?**

Je connais ce type. Je ne l'ai jamais vu, car Camille me protégeait de lui. Je pensais qu'il avait arrêté d'harceler ma sœur, mais apparemment, ce n'est pas le cas.

- **Et ben ?**
- **Il m'a transformé...** Camille baisse les yeux.
- **Mais tu n'étais pas chez ton amie ?** Son histoire est bizarre... Mais qu'est-ce qui est arrivé à son amie ?
- **Si, mais elle n'a rien.** Ouf. Ce Vampire n'a pas tué cette fille. Je ne la connais pas, mais elle a l'air de compter énormément pour Camille.
- **On fait quoi...**
- **Tu vas m'aider à m'habituer à ma nouvelle vie.**

J'hoche la tête, avant de la prendre dans mes bras, je l'aime trop.

### Fin du Flash Back

Et c'est ce que j'ai fait, pendant toute l'année qui a suivie. Je l'ai aidé à s'habituer à sa nouvelle vie de Vampire. Ça n'a pas été facile, elle a dû redoubler d'efforts pour se contrôler, mais elle a réussi.

Le Vampire n'est pas revenu nous voir, depuis qu'elle lui a dit que les jumelles sorcières avaient détruit la bague. Ce fut une année parfaite. Si seulement ça avait continué...

### Flash Back

Un an après la transformation de ma sœur, tout va pour le mieux, ici. Elle a appris à se contrôler, grâce à moi. Nous n'avons toujours pas revu les jumelles, depuis deux ans maintenant. Camille est partie trois jours en voyage. Elle a emmené la bague avec elle, au cas où le Vampire revienne. Aujourd'hui, elle doit rentrer.

Elle toque à la porte. Heureuse comme jamais de la retrouver, je cours lui ouvrir.

Elle pleure.

- **Qu'est-ce qu'il y a Camille ?** La voir pleurer me fait avoir les larmes aux yeux.

Je la fais entrer dans la maison.

- **J'ai croisé le Vampire. Il a vu la bague à mon doigt.** Je la prends dans mes bras, la réconfortant.

- **Nous allons y arriver, ça va aller.** Je la rassure. Elle est tout pour moi, et je n'aime pas la voir comme ça.

- **Non ! Ce lieu est devenu trop dangereux pour toi !** dit-elle, en s'asseyant sur une chaise.

- **Mais non, ça va aller !** Je ne veux pas partir d'ici, je tiens trop à elle pour me séparer d'elle. Et puis ma vie est à Wembley.

- **Non. Demain, tu déménages à Londres. Avec la bague. C'est la seule solution !**

- Non, je vais rester ici, avec toi.

- **Stéphanie ! Écoute-moi ! Je peux me défendre toute seule, mais je ne pourrais pas te protéger ! Il ne faut pas qu'il obtienne la bague, alors demain tu t'en vas, et puis c'est tout !**

- Mais…

- **J'ai déjà assez à faire en protégeant Keyh. Je suis désolée.**

Elle baisse les yeux, je vais dans ma chambre. Pourquoi dois-je quitter la personne qui compte le plus pour moi ? Après quelques minutes de réflexion, je rajoute :

- **D'accord, je vais partir.** Au fond, elle a raison, hein ? C'est mieux pour moi. Peut-être que je pourrai enfin avoir une vie normale d'une fille de mon âge ?

**Fin du Flash-Back**

**/FIN PDV STÉPHANIE GUYLAUME/**

## Chapitre 14

**/PDV SANDRA COLLINS/**

Le cours de sport étant fini, nous nous dirigeons vers nos bancs.

- **Nous allons chez Emily ?** Léna croise les bras, en nous regardant toutes une par une.

- **Il faut d'abord manger au self, après il sera fermé.**

D'un commun d'accord, nous allons vers le self, afin de prendre notre dîner.

*****

Après avoir mangé, nous marchons, sous la neige, pas très épaisse, vers l'appartement d'Emily.

- **J'espère qu'elle est chez elle...** Léna baisse les yeux, elle s'inquiète, et ça se voit.

- **Nous aussi, Léna.** Marie lui pose la main sur l'épaule.

Nous continuons de marcher. Ce n'est pas très loin. J'ai hâte de la revoir.

*****

Nous montons les escaliers. Nous sommes enfin arrivées chez Emily. La porte est ouverte.

- **Vous avez vu ça ?** demande Marie, en faisant de grands yeux.

- **Elle n'est pas chez elle !** Kate vient d'entrer dans le salon.

- **On fait quoi ?**

- **Rien, pour l'instant.** Léna semble troublée.

- **Rentrons au lycée,** Marie nous fait signe de faire demi-tour, **elle reviendra certainement demain.**

- **Mais il faut prévenir quelqu'un ! Appeler la police !** s'exclame Léna, visiblement inquiète.

- **Non,** répond Kate, **autrement ils vont appeler ses parents, et il ne faudrait pas les inquiéter pour rien. Si Aaron est derrière tout ça, on pourra le gérer nous même.**

D'un commun d'accord, nous écoutons l'avis de Kate et nous la suivons, en sortant de l'appartement. Ensuite, nous retournons au Lycée, inquiètes.

Arrivées devant nos chambres, je dis au revoir à Marie et Kate, avant de m'enfermer dans ma chambre, avec Léna. Je me mets en pyjama, me brosse les dents, puis les cheveux, et je m'allonge dans mon lit.

Dans deux jours, c'est le bal.

Je ferme les yeux, et me laisse emporter par le royaume des rêves...

**/FIN PDV SANDRA COLLINS/**

*****

**/PDV STÉPHANIE GUYLAUME/**

Il fait nuit. J'ai passé toute l'après-midi couchée sur mon lit, à repenser à Camille. Toute l'après-midi. Salomé et Alyssa ont bien essayé de me parler, en vain. Je ne leur adresserai pas la parole avant de tout savoir. C'est gamin, je sais, mais c'est la seule solution.

J'ai une idée. Jess a parlé de secret, en rapport avec Aaron. Et si j'allais rendre visite à Aaron ? Il répondra à mes questions ?

C'est trop risqué.

Mais après tout, je veux vraiment savoir. Quitte à mourir. De toute façon, depuis la mort de Camille, plus rien ne me donne envie de vivre...

C'est décidé. Je vais aller le voir.

Mais quand ?

Cette nuit. Les jumelles ne pourront pas m'en empêcher.

La nuit venue, je me lève. Sans aucun bruit, je marche hors de ma chambre.

J'enfile mes chaussures, je suis déjà habillée. Je prends lentement mes clefs, et sors de la maison. Les jumelles ne m'ont pas vue. Je me dirige, rapidement vers ma voiture, l'allume, démarre, et je fonce.

Je parcours les routes de Londres. J'ai faim. Je n'ai pas mangé hier soir.

Évidemment, à cette heure-là, aucune boutique n'est ouverte.

Je continue donc mon chemin jusqu'à Wembley.

Une heure et demie de route après, j'arrive enfin. Il doit être environ minuit.

Je gare ma voiture en bas de l'immeuble du Vampire, mets un réveil à neuf heures sur mon téléphone, et m'endors, dans ma voiture.

**/FIN PDV STÉPHANIE GUYLAUME/**

\*\*\*\*\*

### **Jour 5**

\*\*\*\*\*

**/PDV AARON KADER/**

Je me réveille. Je suis toujours crevé, et énervé surtout. Jess est un connard. Je prends plusieurs gorgées de sang d'Emily, avant de poser son corps dans le placard. Je m'occuperais d'elle plus tard. Je commence à faire un peu de ménage, car c'est le bordel ici.

Quelqu'un toque à la porte.

Ça me fait penser que je devrais mettre une sonnette fonctionnelle. J'espère que ce n'est pas encore cet idiot.

J'ouvre la porte. C'est... Camille ? Euh non, C'est Stéphanie ! Ô mon dieu elles se ressemblent tellement !

- **Aaron. Il faut qu'on parle.** Non... J'espère qu'elle ne sait pas... Je vais craquer.

- **Stéphanie.** Je prends un air sérieux. **Tu sais très bien que je pourrais te tuer en deux secondes, si je le voulais ?**

Elle m'ignore, entre, s'assoit sur le canapé et croise les bras.

- **Stéphanie ...** Elle ressemble tellement à sa sœur ô mon dieu... *Aaron contrôle toi...*

- **Écoute,** elle me regarde droit dans les yeux, et me lance un regard implorant. **Tue-moi si tu veux, mais je veux savoir la vérité... S'il te plaît.**

- **Quel vérité ?**

- **Celle que Jess voulait me dire, hier, avant que les jumelles l'en empêchent.**

Jess. C'est de sa faute. C'est un putain d'idiot ! Il se fout de moi ou quoi ? Il va tout gâcher ! Je vais le tuer...

- **Stéphanie... Tu....**

- **Dis-moi ! S'il te plaît!**

Je ne peux pas... Je... Et puis merde...

- **D'accord. Ça va être long.**

- **Je m'en fous.** Elle me lance un regard de satisfaction. Je commence à marcher dans la pièce, en racontant l'histoire. Toute l'histoire.

- **Très bien. Je vais tout te dire.** Elle hoche la tête. **Tout a commencé il y a deux ans et demi. Plusieurs Vampire sont morts, dans d'atroces souffrances. C'était des amis à moi. J'avais une amie, Morgane, une sorcière. Son mari est mort. Alors, grâce à ses pouvoirs, elle a créé une bague capable de reconnaître les Vampires et...** je baisse les yeux... **Et de ressusciter les Vampires.** Elle me regarde, les yeux grands ouverts. **Sauf, que Morgane a perdu la bague, en allant chez moi. Oui, je sais,** c'est ridicule. Je ne peux m'empêcher de rire, c'est tellement ridicule comme situation ! Et c'est Camille, ta sœur, qui l'a retrouvée. Ensuite, j'ai essayé de la manipuler, à l'aide de mon regard. Malheureusement pour moi, grâce à Salomé et Alyssa, elle portait du sirop d'épines de bois sur elle, ce qui m'empêchait de la contrôler....

Je fais une légère pause, afin de reprendre ma respiration... Ça fait bizarre, de repenser à tout ça.

- Alors, Morgane m'a proposé de faire semblant de l'aimer, afin qu'elle me donne la bague, par amour. J'ai alors fait en sorte qu'elle m'invite chez elle, afin de la draguer... Sauf que, Camille a demandé aux sorcières pourquoi je voulais la bague, et elles lui ont dit. Tout. Camille ne t'a rien dit sur le pouvoir de résurrection, pour ne pas t'inquiéter sur la possibilité d'une attaque de Vampires. Camille est tombée dans mon piège, et nous nous sommes mis en couple. Salomé et Alyssa savaient bien ce que je préparais, elles ont averti Camille, qui ne les écoutait pas. Par amour pour moi, elle a décidé de couper les ponts avec les jumelles. Tout ça, c'était il y a deux ans.

Je jette un coup d'œil à Stéphanie. C'est incroyable sa ressemblance avec Camille.

- J'étais en couple avec ta sœur, pendant l'année qui a suivie. Sauf que... Sauf que je suis tombé amoureux de ta sœur... Alors, après une grande réflexion, j'ai décidé de la transformer en Vampire, afin de vivre avec elle pour toujours. Ensuite, elle m'a largué, parce que je l'avais transformée. Je lui ai demandé la bague, et là, elle m'a fait croire que Salomé et Alyssa l'avaient détruite. Je l'ai cru. J'avais confiance en elle. Je l'aimais vraiment.

Je verse une larme, me rappelant le jour où elle m'a largué.

- Et la semaine dernière, j'ai vu la bague à son doigt. Je devais la récupérer. Lorsque je l'ai tuée, je voulais la ressusciter après avoir ressuscité les autres Vampires. Je ne voulais pas la tuer, je te jure ! Mais il me fallait absolument la bague, tu comprends ? Mais les jumelles sorcières l'ont brûlée, empêchant quiconque de la ramener à la vie...

J'explose en pleurs. Je me retourne, pour ne pas qu'elle me voit. Je n'aime pas pleurer devant des gens.

- Alors... dit elle, **Salomé et Alyssa savaient qu'on aurait pu ressusciter ma sœur ?**
- Oui...
- **Et cette Morgane, qu'est ce qu'elle est devenue ?**
- Je ne sais pas, un jour, elle est partie... Nous étions amis depuis plus de cent ans...
- **Je suis désolée...** me dit-elle.
- **Tu lui ressembles beaucoup.** Elle est magnifique. Tout comme sa sœur.

Elle ne répond pas...

- **Je l'aimais vraiment, ta sœur...**

Elle se lève. Je la sens dans mon dos.

- **Camille ne m'a jamais dit pour vous deux...**

Je le sais... C'était pour te protéger. J'en ai marre de passer pour le méchant de service, alors que je voulais seulement sauver mes amis... Salomé et Alyssa m'ont fait passer pour le méchant aux yeux de Camille et Stéphanie. Mais... Je ne suis pas parfaitement gentil hein ? Je suis un monstre, mais avec Camille... c'est ... différent.

- **Stéphanie...**

Je me retourne, afin d'être face à elle. Putain, elle est magnifique.

- **Aaron...**

Elle est très proche de moi... J'ai l'impression d'être avec Camille... Je sens son souffle chaud parcourir mon visage... Je retire la mèche de cheveux de son visage, et la place derrière son oreille... Je pose mes mains sur ses hanches. *Aaron ne fait pas ça...* Elle est juste magnifique....
Je pose mon front contre le sien. Elle ne me repousse pas... Mes lèvres frôlent les siennes... Sa présence me calme, j'aime sentir sa présence près de moi... *Arrête, ce n'est pas Camille...*

J'applique une légère pression sur ses douces lèvres... *Et puis merde...* Je l'embrasse de plus en plus vite, de plus en plus fort.
Je la pousse jusqu'à ma chambre, tout en l'embrassant. Je l'allonge sur le lit, en enlevant son pull, tout en l'embrassant dans le cou...
- **Aaron...** Je l'embrasse de nouveau sur la bouche, pour l'empêcher de parler...
J'arrache ma chemise, tant pis, j'en achèterais une autre... J'enlève son T-shirt, le balançant à travers la chambre. Tout en m'embrassant, elle passe ses mains douces sur mon torse, nu.
A l'aide de mes pieds, j'enlève mon pantalon, et enlève le sien. J'embrasse son petit ventre blanc, tout en passant une main dans ses cheveux roux.
Je l'embrasse dans le cou, sur le front, sur la bouche... Et puis merde elle est juste parfaite.
**/FIN PDV AARON KADER/**

## Chapitre 15

**/PDV STÉPHANIE GUYLAUME/**

Je me réveille. J'ai du m'endormir après ma petite expérience avec Aaron. C'était génial. Il dort toujours, juste à côté de moi. Je pose mon genou sur ses jambes, et mon bras sur son torse.

Je repense à tout se qu'il m'a dit hier. Salomé et Alyssa n'ont pas arrêté de me mentir. Je suis tellement déçue d'elle... Elles auraient pu ressusciter ma sœur, en attendant, mais elles ont préféré la tuer. Je ne leur pardonnerai jamais.

Je regarde Aaron dormir. Je pensais qu'il était "méchant", lorsqu'il menaçait ma sœur... Mais il voulait juste ressusciter ses amis... Je regrette tellement de l'avoir détesté.

Je suis contente d'être avec lui, mais j'ai peur qu'il m'utilise pour remplacer ma sœur.

Il ouvre les yeux.

- **Ça va ?** Il se frotte les yeux.

Je lui réponds oui de la tête, en souriant. Je suis heureuse. Il me serre fort contre lui, en m'embrassant le front. Il est trop mignon. Je ne demande pourquoi ma sœur ne m'a pas parlé de sa relation avec lui.

Je suis si bien près de lui.

**/FIN PDV STÉPHANIE GUYLAUME/**

*****

**/PDV SANDRA COLLINS/**

Je me réveille. J'ouvre les yeux, sors de mon lit. Léna n'est plus dans le sien. Elle doit se doucher. Je prends mes habits. Je porte un jean noir, avec un pull bleu. Je me lave ensuite les dents, je me brosse mes cheveux bruns, avant d'attendre Léna, couchée sur mon lit.

Léna sort. Elle a attaché ses cheveux en chignon, et porte un jean bleu, et un pull noir. L'inverse de moi. Je ris.

- **On va chercher Marie et Kate ?**

J'hoche la tête. Nous prenons nos sacs de cours, et je toque à la porte de leur chambre.

Kate sort, suivie de Marie. Nous marchons dans les couloirs, avant de traverser la rue. Nous nous asseyons sur les bancs, comme d'habitude.

- **Emily n'est toujours pas là,** dit Kate.
- **On devrait faire quelque chose.** Marie croise les bras.
- **Mais quoi ? Nous ne pouvons rien faire !**
- **Je ne sais pas...** Marie baisse les yeux.

*Dring... Dring... Dring...*

Nous étions à peine assises, il faut déjà retourner en cours. Heureusement, c'est notre dernière journée de cours.

*****

Une fois les cours d'anglais et de maths terminés, je regagne les bancs. Je m'assois à côté de Léna.

- **J'ai hâte d'être demain !** Léna soupire de bonheur. C'est vrai qu'on a toutes hâte d'être en vacances.
- **C'est toujours okey pour la première semaine ?** demande Marie.

Car, oui, nous allons partir toute les cinq, si nous revoyons Emily, dans un chalet. Ça va être super, une semaine toutes les cinq ensemble.

- **Évidemment !** Kate lui lance un grand sourire. Nous avons vraiment hâte.

- **Vous pensez qu'Emily viendra ?**

- **Évidement !** Marie pose sa main sur mon épaule.

- **Elle ne peut pas manquer ça,** ajoute Léna.

Je leur souris. J'espère qu'elles ont raison.

La sonnerie retentit encore, maintenant, nous avons français.

/FIN PDV SANDRA COLLINS/

*****

/PDV STÉPHANIE GUYLAUME/

Je me lève. Aaron est réveillé.

- **Je vais rentrer chez moi,** dis-je, avant de ramasser mes affaires qui traînent à travers la pièce.

- **D'accord,** il se redresse, tout en se frottant les yeux. **Reviens vite.**

Je lui réponds par un sourire.

Après avoir ramassé mes habits, je quitte l'appartement. Un sentiment de culpabilité entre en moi. Pourquoi ? Parce que Aaron était avec ma sœur, j'ai l'impression de lui avoir volé, alors que je ne le connaissais pas si bien que ça...

Je prends ma voiture, démarre le moteur, et je me prépare à rentrer à Londres, pour affronter Salomé et Alyssa. Elles m'ont menti. Je leur en veux tellement.

Je m'arrête à une boulangerie pâtisserie, et m'achète un croissant. J'ai faim. Heureusement qu'à cette heure des boulangeries sont ouvertes.

*****

Je suis enfin arrivée à Londres. Je me gare devant chez moi, et j'entre dans ma maison. Je vois Salomé courir vers moi.

- **Stéphanie ! Où étais-tu ? Nous avons eu si peur pour toi !** Elle me prend dans ses bras.

- **Viens.** Je la repousse, la prends par la main, et l'emmène dans la cuisine. Alyssa est déjà assise à table.

- **Asseyez-vous, il faut qu'on parle.**

Je peux voir qu'elles me lancent des regards d'incompréhension, mais je m'en fous. Elles m'ont menti. Et elles ont "tué" ma sœur.

- **Je sais tout. Absolument tout.** Je croise les bras, tout en les regardant, droit dans les yeux.

Elles ont l'air choqué.

- **Steph...** commence Alyssa, mais je ne compte pas les laisser parler. Je suis bien trop énervée pour ça.

- **Non ! Fermez-la ! Aaron m'a tout dit ! Vous saviez que nous aurions pu ressusciter Camille, mais vous vous en foutez! Vous l'avez brûlée! Et puis, Aaron n'est pas méchant, il veut juste ressusciter ses amis ! Et puis, il aimait ma sœur ! Et maintenant, il est avec moi !**

Elles sont bouche-bée.

- **Quoi ?** commence Salomé, **Tu es avec Aaron ? Tu es allée le voir ?**

- **Et oui !** Je crie, pour leur montrer ma colère. **Et nous avons même fait des choses pas très catholiques !** Elles m'énervent. Elles n'auraient jamais dû tuer ma sœur. Jamais.

- **Stéphanie !** crie Alyssa. **Tu n'aurais pas dû faire ça !**

- **Si ! Aaron est quelqu'un de bien, et il voulait ressusciter Camille !**

- **Non ! Il va te manipuler ! C'est un monstre !** Salomé passe sa main dans ses cheveux. **Il a tué ta sœur !**

- **Non,** je baisse les yeux, **vous avez tué ma sœur.** J'insiste sur le '' vous''.

- **C'était pour te protéger...**

- **Ta gueule Alyssa !** Je ne peux plus contrôler ma colère, **dégagez de chez moi !**

Je leur montre la porte du doigt.

- **Stéphanie...** Alyssa a les larmes aux yeux. Je suis triste de me fâcher avec elle, mais je n'ai pas le choix. Je ne peux pas vivre avec elles, sachant qu'elles ont mis fin à la vie de ma sœur... Rien ne sera plus jamais pareil, entre nous.

- **Sortez de chez moi !**

Alyssa se lève, et va vers sa chambre, suivie de Salomé. Elles doivent sûrement faire leurs valises. Enfin j'espère, car elles ne dormiront pas ici une nuit de plus.

Cinq minutes après, je les vois revenir dans mon salon, avec leurs valises. Elles me lancent des regards implorants, mais je ne peux pas leur pardonner. Elles m'ont caché la vérité. Depuis trop longtemps.

- **Stéphanie...** Alyssa est en pleurs. Elle tient beaucoup à moi. Nous nous connaissons depuis notre enfance... Je tiens aussi beaucoup à elle, mais là, c'est trop. C'est au dessus de mes forces.

Je leur montre de nouveau la porte du doigt, et je les vois partir, sortir de ma maison. Je verse une larme. Elles vont quand même me manquer...

/**FIN PDV STÉPHANIE GUYLAUME**/

*****

/**PDV AARON KADER**/

Je m'étire. Je suis crevé. Je me lève. Je repense à ce qui s'est passé avec Stéphanie hier. Je regrette terriblement... Je ne veux pas d'elle, je veux de Camille. Juste Camille. Je ne peux pas l'oublier. Elles se ressemblent beaucoup, mais elle n'est pas Camille. Je regrette trop, je vais lui briser le cœur... Parfois je devrais apprendre à calmer mes pulsions, je la connais à peine.

J'ai faim. Je sors le corps d'Emily du placard. Elle est réveillée et consciente. Je suis contente que Stéphanie ne l'ai pas vue.

- **Salut Emily.** Je la pose sur le canapé.

- **Salut.** Elle m'obéit toujours.

- **Dis-moi, tu voudrais me servir de buffet ?** J'ai tellement envie de la manger...

- **Oui, évidement.** Elle me tend son poignet. Il y a encore la marque de ma précédente morsure. Heureusement que j'ai pu la manipuler.

- **Tu as faim ?** Faudrait peut-être que je la nourrisse, il ne faudrait pas qu'elle meure, j'ai besoin d'elle pour me nourrir.

- **Comme vous voulez.** Ah oui. J'avais oublié. Elle ne peut pas ressentir des émotions de faim et de soif, car je lui en ai interdit.

-**Tu n'as pas faim.** Je la manipule de nouveau. Elle n'a peut être pas faim, mais moi oui.

Et puis merde, j'en ai marre de discuter avec elle, j'ai juste trop faim. Je me suis retenu toute la nuit pour ne pas manger Stéphanie. Je prends son poignet, où je vois encore du sang dégouliner sur sa cicatrice, je pose son poignet sur ma bouche, je la mords, et je savoure mon petit déjeuner.

Je bois son sang. C'est juste trop bon.

Je bois beaucoup de sang, j'ai très faim.

Je bois encore.

Arrête Aaron...

Tu vas la vider de son sang...

Et puis Merde, c'est trop bon...

Je bois,

Je bois,

Je bois...

Elle n'a presque plus de sang...

- **Merde !** Je crie, après m'être aperçu de ma connerie. J'ai bu trop de sang. Son cœur ne bat presque plus.

Comment je fais, maintenant ? Qu'est ce que je vais dire à Stéphanie ? Je vais déjà lui dire que nous deux, nous ne sommes rien, mais si je lui dis aussi que j'ai tué Emily... Je dois faire quoi ?

J'ai deux solutions...

La laisser mourir ?

Où la transformer en Vampire?

**/FIN PDV AARON KADER/**

### Chapitre 16

**/PDV SANDRA COLLINS/**

Après le cours de français, nous avions deux heures, je retrouve Léna, Kate et Marie au self. Nous avons très faim.

- **Il y a quoi, au menu ?** Léna se frotte le ventre.

- **De la purée, je crois,** lui répond Marie, en nous faisant signe de la suivre.

Je leur souris, tout en marchant vers la cantine.

Après avoir patienté quelques dizaines de minutes, nous arrivons enfin à nous assoir à une table de libre. Je me place à côté de Léna, en face de Marie.

- **Nous avons quoi cet aprèm ?** demande Marie.

- **Deux heures de SVT,** répond Kate.

- **J'ai hâte d'être demain.**

- **Oui,** Kate passe sa main dans ses cheveux, **j'ai hâte d'aller à la fête.**

Le bal de Noël est toujours génial. Tout le monde danse, il y a des jeux, des concours, nous attendons toutes ce moment avec impatience.

Nous continuons de manger dans le silence. On s'ennuie vraiment sans Emily. D'habitude, c'est elle qui met l'ambiance, avec ses bêtises.

Bref, après avoir mangé notre purée, nous retournons dans la salle des étudiants.

**/FIN PDV SANDRA COLLINS/**

*****

**/PDV AARON KADER/**

Que faire ? Je ne dois pas la laisser mourir ! Si ? Et puis merde, je ne dois pas la tuer.

Je mords mon poignet, qui est désormais ensanglanté. Je le place sur ses douces lèvres. Elle boit mon sang, comme prévu. Elle boit, boit, jusqu'à revenir à la vie. Ensuite, je place mes mains sur son cou, et je lui casse la nuque.

Il faut maintenant attendre qu'elle se réveille.

J'espère ne pas avoir commis d'erreur irréversible.

**/FIN PDV AARON KADER/**

*****

**/PDV ÉMILY LAY/**

*Un bruit,*

*Une lumière,*

*Je ne comprends pas ce qui se passe,*

*J'ouvre les yeux,*

*Je vois quelqu'un,*

*Je le connais,*

*Je sais qui c'est,*

*C'est Aaron.*

Je le regarde, sans savoir ce qui m'arrive. J'ai terriblement mal à la tête.

-**Qu'est-ce qui s'est passé ?** Je ne me rappelle pas de tout, juste quelques détails.

- **Tu es un Vampire, Émily.** Un Vampire ? Quoi ? Mais c'est impossible! Ça n'existe pas ! Si ? Mais non ! Et puis, c'est tellement bizarre...

- **Qu- Quoi ?** J'essaye de me relever, mais Aaron m'en empêche.

- **Écoute-moi. J'en suis un aussi, et je vais t'aider.** M'aider ? Mais je n'ai pas besoin d'aide ! Je ne suis pas un Vampire, c'est un rêve.
Calme-toi Emily...
C'est juste un rêve...
Mais il est quand même sacrément réaliste...
- **C'est impossible ! Les Vampires n'existent pas !** Je ne sais pas pourquoi je suis là, je ne sais pas non plus ce qu'il me veut, mais une chose est sûre, je ne peux pas être un Vampire. C'est impossible.
Il rit. Comme pour se moquer de moi. Alors que c'est lui qui me raconte n'importe quoi. Ce mec est un putain de fou.
Il recule, marche jusqu'à son frigo, et l'ouvre. Mais qu'est-ce qu'il fait ?
Il sort une sorte de pochette de sang. Il l'approche de moi. Mais il est débile ou quoi ?
- **Regarde.** Il fixe le sang, puis me regarde. Je n'y crois pas. Ses yeux sont devenus rouge. Rouge Couleur Sang. Et ses dents... Surtout ses canines. Elles ont grossi, grandi. Elles sont énormes, comme celle des Vampires. Non... Ça ne peut pas être vrai... Je ne peux pas être un Vampire... C'est impossible ! Pendant que je me casse la tête, lui, il ne fait rien d'autre que de me dévisager.
- **Maintenant, regarde le sang.** Il prend une paille, la plante dans la pochette. Mais ? Je lui obéis, juste pour lui prouver qu'il a tort. N'empêche, ça a l'air bon. *Emily arrête...* C'est vraiment appétissant... *Emily ! Tu n'es pas un Vampire, il te ment...* Juste une fois, pour goûter ? *Emily !!!*
Sans pouvoir me contrôler, je place mes lèvres sur ma paille, et je bois. Je bois le sang, le sang humain. C'est délicieux. Je veux encore, j'en veux toujours plus. Je ne peux pas m'arrêter d'en boire...

Mais qu'est-ce qui m'arrive ?

Je sens une très forte douleur au niveau de mes dents. Une douleur insupportable, une douleur immense. Je crie. Je sens mes canines sortir, c'est très douloureux...

La douleur s'arrête enfin, après quelques secondes.

Emily...

Alors il ne t'a pas menti ?

Tu es un Vampire?

Un vrai ?

Comme dans les films ?

Non...

C'est impossible...

Il doit y avoir une explication logique à tout ça !

Mais laquelle ?

- **Emily,** dit-il, **je dois t'expliquer plusieurs choses.**

Malgré moi, je hoche la tête. Et s'il avait raison ? Je n'ai rien à perdre, en l'écoutant.

- **Ça va être long.** De toute façon, je ne peux pas rentrer chez moi, comme je ne sais pas où je suis. Je n'ai donc pas le choix. J'ai hâte de voir Léna, Kate, Marie, Stéphanie et Sandra, afin de tout leur dire. Elles ne vont pas le croire.

Aaron me lève, et m'assoit sur le canapé. Il s'assoit sur une chaise, juste en face. On dirait qu'elle a été placée là juste pour ce moment.

- **Étant Vampire, tu vas avoir beaucoup d'avantages, comme beaucoup d'inconvénients.** J'hoche la tête. **Premièrement, tu vas devoir apprendre à contrôler ta soif. Tu vas être terriblement attirée par toute personne humaine. Tu vas vouloir boire leur sang, tu seras** incontrôlable. C'est bizarre de se dire que ça va être ça, ma vie... **Mais je vais t'aider, au début.**

Il marque une pause, pendant laquelle il me regarde droit dans les yeux, comme si il voulait obtenir ma confiance, où comme s'il attendait quelque chose de moi. Mais quoi ? J'hoche simplement la tête.

- **Tu as trois solutions pour te nourrir. Retiens bien ça.** Je hoche la tête, de toute façon, c'est la seule chose que je peux faire en ce moment. **La première, la plus normale, c'est le sang humain. Le frais. C'est-à-dire que tu dois tuer pour te nourrir, où juste boire le sang. Par contre, si tu choisis cette façon, si tu laisses l'être humain en vie, tu devras lui effacer la mémoire. Je t'apprendrai ça plus tard. Si tu as tué la personne, alors tu devras te débarrasser du corps, en le brûlant, afin que personne ne soit au courant.**

Première méthode enregistrée. Elle est sadique.

- **Cette méthode représente ta vraie nature,** rajoute Aaron.
- **Quelles sont les deux autres ?** Il sourit, comme s'il était heureux que je m'intéresse enfin à ça.
- **La deuxième, la mienne, consiste à choisir une personne, lui prélever du sang que tu stockes au frigo, boire le sang de cette personne, et attendre qu'elle en fabrique d'autre.**
- La personne... C'est moi, non ?
- **Oui, mais toi, je t'ai bu trop de sang, alors j'ai dû choisir entre te transformer ou te tuer.**

Il a préféré me transformer que me tuer. C'est sympa de sa part.

- **Mais maintenant, je dois trouver une autre personne.**
- **Et la dernière ?**

- **La dernière, c'est boire du sang d'animaux. Mais cette option te fait perdre de la puissance.**

J'ai maintenant trois styles de vie possible. J'espère faire le bon choix.

- **C'est tout ?** Il faut vite que je parte d'ici, afin de parler de cette histoire avec mes amies.

- **Non.** Je suis déçue, mais je continue de l'écouter. **Parlons des avantages: tes pouvoirs. Tu as le pouvoir que ton corps soigne tes blessures. Regarde :**

Il me griffe la peau, jusqu'au sang.

- **Aïe ! Mais tu es fou !**

-**Regarde ton bras.** J'obéis. Ô mon dieu ! Je n'ai plus de marque ! Juste la marque du sang qui a coulé ! C'est incroyable !

Je le regarde, tout en étant bouche-bée. Alors, tout ça est vrai.

- **Ensuite, tu peux convaincre et manipuler n'importe quel humain, à condition qu'il ne porte pas de sirop d'épines de bois.** Ça, ce n'est pas trop compliqué.

- **Ensuite, tu peux aller très vite.** Il se lève, et va jusqu'à son frigo, aussi vite que l'éclair. C'est incroyable. **Voilà.** Il revient, tout en étant aussi rapide. **Tu es éternelle, et le temps n'a pas d'effet sur toi.** Quoi ? Mais c'est impossible ! Suite à mon étonnement, il rajoute : **Tu vas rester comme ça, avec ce physique-là, toute ta vie. Par exemple, moi, j'ai cent cinquante-huit ans, et je n'ai pas changé depuis mes vingt-cinq ans.** Cent cinquante-huit ans? Cent cinquante-huit ans !

Il marque une seconde pause.

- **Les points négatifs, à présent. Premièrement, tu ne peux pas entrer dans une maison si la propriétaire ne t'a pas invitée à entrer. Mais pour ça, tu as juste à la manipuler, et ça passe tout seul.** Mais comment je vais faire si la personne ne veut pas me laisser entrer ? Je sens que ça va être compliqué... **Ensuite, il ne faut pas que tu manges ou que quelqu'un t'injecte du sirop d'épines de bois.**

- Du sirop d'épines de bois? C'est quoi ça ?
- **Un produit qui t'enlèvera toutes tes forces. Il peut aussi être mortel.**

J'hoche la tête.

- **Le bois te fera mal. Un objet en bois dans ton cœur, et tu es morte. Okey ?**

Quoi ? Mais c'est de plus en plus bizarre !

- **Okey,** je réponds malgré moi... J'aimerais que tout ça s'arrête, et que ce ne sois qu'un rêve...
- **Tu as tout compris ?**
- **Oui, je crois.**
- **Maintenant, il va falloir te contrôler, afin que ton visage ne change pas en présence de sang, ou d'humain.**
- **D'accord.** De plus en plus bizarre, je vous disais...

**/FIN PDV ÉMILY LAY/**

## Chapitre 17

/PDV ÉMILY LAY/

- **Nous allons faire un test.** J'ai passé l'après-midi à parler des Vampires avec Aaron. Il m'a vraiment expliqué beaucoup de choses, et je sais tout, pour Stéphanie, pour Camille et pour la bague. Je suis un peu dégoûtée que Stéphanie nous ait caché ça, mais en même temps nous la connaissons depuis pas très longtemps. Il m'a aussi demandé de faire des recherches, sur comment ouvrir la bague. Lui, il essaye de retrouver Morgane. C'est sa bague, elle doit savoir faire.

- **D'accord.** Je me suis entraînée tout l'aprèm, et j'espère que mes efforts vont payer. Aaron m'a aussi dit que si j'arrivais à me contrôler, je pourrais aller au bal de Noël, à condition d'y aller avec lui. C'est plutôt une bonne nouvelle, sachant que j'attends cette fête depuis des mois. Et puis, j'ai envie de revoir mes amies.

J'ai pris une décision, je ne leur parlerai pas de mon secret, pour ne pas les choquer, ou qu'elles aient peur de moi. Ce sera entre Aaron et moi.

Aaron prend du sang humain, et me demande de le regarder pendant dix secondes, pour voir si je résiste, ou si je me transforme. J'espère réussir le test.

- **Bien.** Aaron me sourit. **Vas-y, regarde.**

Je lui obéis, et regarde ce sang, qui m'attire irrésistiblement. Je dois lutter... *Emily contrôle toi...* Je lutte, et pour l'instant, je réussis.

Après avoir tenu plus de vingt secondes, Aaron me demande d'arrêter. Il me donne une paille, et me laisse boire ce sang rouge, qui m'attire tellement. Je ne pensais pas pouvoir être autant attirée par ce liquide, mais je me suis mentie à moi-même, le sang m'obsède plus que ma propre vie, à présent.

- **Nous irons à la fête de Noël ?**

-Oui. Je suis contente. J'avais peur qu'il change d'avis.

Je lui donne la pochette de sang vide, qu'il part mettre au frigo. Bizarre, étant donné qu'elle est vide.

- **Écoute,** Aaron se retourne vers moi, **cet après-midi, je dois aller parler à Stéphanie, tu sais, vu que je veux rompre... Reste ici, d'accord ?**

J'acquiesce. Je suis un peu triste pour Stéphanie, mais je comprends le point de vue d'Aaron. Par chance, je n'ai plus faim, étant donné la quantité de sang que j'ai bu. Il n'y aura donc normalement pas de soucis.

Aaron prend sa veste en cuir, avant de partir pour Londres, là où il sera toute la journée. C'est ma première journée où je suis seule, étant Vampire. "Vampire", ce mot flippant qui, depuis toujours, ne signifiait rien de spécial pour moi, à part peut-être une fiction démodée. Mais maintenant, ce mot définit ma vie, mon existence, ma nature... J'ai eu du mal à y croire, mais j'en suis un, je suis une créature meurtrière assoiffée de sang, comme dans les légendes... J'ai peur. Peur de m'en prendre à mes amies...

**/FIN PDV ÉMILY LAY/**

*****

**/PDV SANDRA COLLINS/**

Après deux heures de SVT plutôt cool, nous retournons sur nos bancs.

- **Vous voulez faire quoi, après ?** demande Léna, en souriant.

- **On pourrait aller au restaurant avec nos quatre cavaliers ?** J'aime bien cette idée. A vrai dire, je ne connais pas vraiment les leurs.

- **Excellente idée, Marie.**

*****

Après avoir patienté trois heures au CDI, et avoir prévenu les boys, nous nous dirigeons à huit vers un restaurant. Il doit être dix-neuf heures. Nous avons réservé une table dans une pizzeria.

Arrivés à l'intérieur, le serveur nous emmène vers une grande table, où nous nous asseyons filles d'un côté, et garçons de l'autre. Je me mets en face d'Ethan, évidement. A côté de moi, j'ai Léna. Elle est en face de son prétendant, Lewis. A ma gauche, j'ai Marie, en face du frère de Léna, Alex. Et, à droite de Léna, Kate et Joey sont face à face.

- **Vous êtes prêts pour le bal de demain ?** demande Lewis. En passant sa main dans ses cheveux, ce qui fait rougir Léna.

- **Oui, j'ai hâte.** Marie sourit.

Kate et Joey, eux, parlent entre eux, nous ignorant. Je suis trop loin pour entendre leurs discussions, mais j'aimerais bien savoir de quoi il parle.

- **On fait un jeu ?** demande Ethan, après que nous ayons commandé nos plats.

- **Oui !** répond Alex. Léna me chuchote "gamin" à l'oreille. Les frères et sœurs !

- **Okey, alors je vais dire une phrase commençant par la lettre A, puis Lewis avec un B, puis Joey avec un C... Vous avez compris ?**

Nous hochons tous la tête, en parfaite synchronisation. Ce jeu a l'air pas mal.

Ethan commence, comme c'est son jeu.

- **Avez-vous faim ?** Il rit, il n'est absolument pas hors sujet.

Lewis répond :

- **Bah oui.**

- **C'est vrai ?** ajoute Joey, presque instantanément.
- **De quoi tu parles ?** demande Kate, en souriant. Ce jeu est marrant.
- **Écoute un peu !** Léna fait semblant de la fâcher, ce qui provoque un fou rire général.

C'est à mon tour. Après le E, ma lettre est le F. "Ferme-la" ? Non, trop vulgaire, il ne faudrait pas déjà installer une mauvaise ambiance. Oh, j'ai une idée.

- **Faudrait peut-être commander !**
- **Gare à vous si vous ne m'obéissez pas !** Marie, hors sujet, comme d'habitude.
- **Hélicoptère! Il y a un hélicoptère!** crie Alex, ce qui fait se retourner la plupart des gens présents dans le restaurant. Léna met sa tête dans ses mains, en signe de désespoir. Ça me fait rire. Cette discussion part en n'importe quoi.
- **Imaginez que c'est vrai ?** Bien trouvé Ethan. Je lui souris, et il me rend mon sourire, pendant lequel j'ai pu admirer ses dents, parfaitement blanches.
- **J'adore l'idée !** Lewis fait le pouce en l'air, il "like" mon Ethan.
- **Koala ! C'est un Koala qui conduit l'hélicoptère!** Joey éclate de rire, suite à sa connerie. En même temps, va trouver un mot commençant par "K".

Ce jeu part en n'importe quoi, mais c'est marrant.

- **Léna, dit la phrase à ma place, stp,** dit Kate, en levant les yeux en l'air, suite à la "vanne" de Joey.
- **Mais évidement !** répond-elle. Bien trouvé. C'est de nouveau à moi.
- **N'importe quoi ! Vous n'avez pas le droit de faire ça.** Je n'avais pas d'inspiration.

- **Oh putain,** Marie me regarde avec de grands yeux, **ce jeu part en steak!**
-**Pourquoi des steaks ? Tu as faim ?** Alex et ses blagues... Léna est consternée, on dirait qu'elle a honte de son frère, et c'est marrant.
- **Quoi ?** Ethan se replace ses cheveux bouclés.
- **Répète !** dit Lewis.
- **Saperlipopette! Je ne sais pas quoi dire.** Joey est un comique, il dit des vannes, pourries cela dit, tout le temps. Ça doit être ça qui plaît à Kate.
- **T'es marrant.** Kate lui fait un bisou sur la joue.
Après une série de "Wouh, Wouh" pour les énerver, C'est au tour de Léna.
- **Utile, cette discussion.**
- **Vraiment utile, tu as raison.**
- **Wouh ! Wouh !** Marie reprit nos cris de tout à l'heure. Original.
- **Xylophone. L'année prochaine je ferais du Xylophone.**
J'espère qu'il ne le fera pas vraiment, pour les oreilles de Marie. D'ailleurs, Léna se cache sous la table, par honte pour son frère, Alex.
- **Yo ! Ça va ?** enchaîne mon Ethan.
Et le dernier, c'est Lewis.
- **Zut ! J'ai oublié le sujet !** Bien trouvé. Et c'est comme ça que nous passons notre soirée, à jouer, manger et rigoler. Une des meilleures soirées-restaurant de ma vie.
/FIN PDV SANDRA COLLINS/

\*\*\*\*\*

/PDV AARON KADER/

Après avoir couru très vite jusqu'a Londres, étant épuisé, je cherche la maison de Stéphanie.

Je toque à sa porte. J'attends qu'elle ouvre.

- **Aaron ? Que fais-tu ici ?** J'ai peur de lui dire, mais je n'ai pas le choix. Je ne veux pas jouer avec elle.

- **Stéphanie... Je suis désolé pour ce qui s'est passé entre nous...** Je baisse les yeux, afin d'éviter son regard.

- **Oh**, répond-elle simplement. **Alors, nous deux… ?** J'entends une lueur d'espoir dans sa voix, mais il y en a aucune. Vraiment aucune.

- **Je suis désolé Stéphanie.** Je relève discrètement les yeux, afin de voir son magnifique visage. Je remarque une petite larme sur sa joue, que je m'empresse d'enlever à l'aide de mon doigt.

Je fais ensuite demi-tour, et je marche, lentement, vers chez moi. J'aimerais que Camille soit toujours là. C'était la femme de ma vie, et je m'en veux tellement de faire souffrir sa petite sœur... Mais elles se ressemblent vraiment...

Je me retourne, et jette un dernier coup d'œil en sa direction, mais elle n'est plus là. La porte de sa grande maison est fermée. Je ne peux plus l'admirer. Elle est tellement belle.

Je baisse les yeux, regardant mes pieds. Je retourne à Wembley, dans mon appartement. Je ne dois pas laisser Emily seule trop longtemps, je ne sais pas de quoi elle est capable.

Je m'en veux tellement. Aucune fille ne m'avait rendu comme ça, à part Camille... Et elle.

**/FIN PDV AARON KADER/**

### Chapitre 18

/PDV SANDRA COLLINS/

Le repas étant terminé et payé, nous nous dirigeons tous vers la sortie. Nous marchons ensuite en direction du lycée. Je marche avec Léna, Marie et Alex marchent ensemble. Derrière eux, Kate et Joey, Ethan et Lewis ferment la marche. Le trottoir ne peut contenir plus de deux personnes côte à côte. Dommage.

Je suis fatiguée, il doit être au moins minuit. Nous n'avons pas vu le temps passer, nous jouions au jeu d'Ethan.

Nous arrivons enfin au lycée, chacun se dirige vers sa chambre. Après m'être douchée, je me couche dans mon lit, avant d'être emportée dans les bras de Morphée. Vivement demain.

Et, nous sommes enfin en vacances de Noël.

/FIN PDV SANDRA COLLINS/

*****
### Jour 6
*****

/PDV ÉMILY LAY/

Je me réveille. Hier, je me suis rapidement endormie sur le canapé d'Aaron. J'ai hâte d'aller au bal de ce soir. Aaron doit toujours dormir, alors je me sers dans son frigo, buvant ainsi une pochette de sang frais.

Après ça, je retourne m'allonger sur le canapé, me reposant. J'ai hâte de revoir mes amies.

Pas longtemps après ça, je vois Aaron se lever, et aller se servir de sang frais.

- **Bien dormi ?** me demande-t-il.
- **Évidement. Aujourd'hui, c'est le bal!**
- **Ah oui, j'avais oublié cette fête bidon.** Une fête bidon ? C'est la meilleure ! Mais pour qui il se prend, pour critiquer ?
- **Elle est géniale.** Je lui souris. C'est quand même lui qui doit m'emmener à la fête, je vais éviter de trop l'énerver.
- **Si tu le dis.** Je sais que, s'il ne l'aime pas à présent, ce soir il va être ravi. Personne ne peut détester cette fête. Il y a de tout, là-bas.
- **Je vais devoir rentrer chez moi, ma robe est là-bas.**
- **Euh.... D'accord.** Il a l'air d'hésiter, **Nous y allons maintenant. Tu as faim ?**
- **Euh...**, je baisse les yeux, **j'ai déjà mangé.**
- **Oh…** J'avoue, j'ai un peu peur de sa réaction. **Ce n'est pas grave, allons chez toi.**

Il m'emmène hors de l'appartement. C'est cool de pouvoir sortir.

/FIN PDV ÉMILY LAY/

\*\*\*\*\*

~ **Eclipse de la matinée** ~

\*\*\*\*\*

**/PDV LÉNA AHTER/**

Habillée de ma robe rouge, j'attends que Lewis passe me chercher.

-**Tu as vu mes talons ?** me demande Sandra. Elle stresse énormément.
- **Sous ton lit.**

Après m'avoir remerciée, elle file à la salle de bain, pour vérifier son maquillage. C'est la neuvième fois qu'elle y va.

Quelqu'un toque à la porte.

**- J'espère que ce n'est pas Ethan,** dit-elle, en courant partout, **je ne suis pas encore prête.**

J'explose de rire. **- Tu es prête depuis huit heures ce matin. -** J'ouvre la porte. C'est Ethan. Je lui fais signe d'entrer. J'ai presque dû virer Sandra de la chambre. Heureusement, Ethan a réussi à la calmer, avec ses vannes pourries. J'attends Lewis. Il ne devrait pas tarder.

Quelqu'un toque de nouveau. Je souris. Enfin, il est là. J'ouvre la porte, et lui fais un énorme câlin.

**-Tu es prête Princesse ?** dit-il, en m'embrassant la joue.

Je rougis. J'aime trop qu'il m'appelle comme ça. C'est juste trop chou. Je baisse les yeux, afin de cacher ma nouvelle couleur de joue.

Il me tend son bras. Je passe le mien à l'intérieur de celui-ci, et, après avoir verrouillé la porte de ma chambre, je me dirige, avec mon cavalier, vers la salle de bal. Elle se trouve à trois minutes de voiture, à peine. Ça va être parfait.

**/FIN PDV LÉNA AHTER/**

*****

**/PDV KATE POEZ/**

Je viens d'enfiler ma robe noire, pendant que Marie galère avec la sienne.

**- Tu veux que je t'aide ?**

**- Non non, c'est bon.** Elle réussit enfin à la mettre.

**- Ils foutent quoi ?**

**- Ben, qui ?**

**- Ben, Joey et Alex !**

**- Je ne sais pas, mais en tout cas,** elle se remaquille, à l'aide d'un miroir, **ils sont grave à la bourre.**

Je vérifie de nouveau ma coiffure. Tout doit être parfait. Cette soirée, c'est la plus importante de l'année. Elle est tout simplement géniale.

- **Ils foutent quoi ?** Marie panique légèrement.

- **Je ne sais pas.**

Quelqu'un toque à la porte. Je vais ouvrir.

- **Alex ! Ça va ?**

- **Oui, oui. Tranquille. Et toi ?** Il passe sa main dans ses cheveux bruns.

- **Oui. Marie, c'est Alex !** Je crie.

Marie arrive, m'embrasse, et s'en va, en se tenant au bras de son cavalier, Alex, le frère de Léna.

J'attends Joey. J'espère qu'il va venir. Je m'assois sur ma chaise, me passant une nouvelle couche de maquillage. Je dois être parfaite.

Quelqu'un toque de nouveau. Je vais vers celle-ci, l'ouvre, et tombe nez à nez avec Joey.

- **Prête ?** me demande-t-il.

- **Oui !** Je lui fais un énorme câlin, puis je ferme la porte à clefs, avant de descendre les marches, pour aller à la fête. Ça va être parfait.

Nous descendons les marches, mon bras dans le sien. Comme si nous nous marions. Joey est en costard cravate, noir, très beau. Il est magnifique.

Nous nous dirigeons vers sa voiture, j'entre à l'intérieur. Il se place côté conducteur, démarre sa voiture, et nous voilà partis pour la soirée.

Ça va être génial.

**/FIN PDV KATE POEZ/**

*****

**/PDV ÉMILY LAY/**

Il doit être vingt heures moins le quart, il faut nous dépêcher, afin de ne pas arriver en retard.

- **Dépêche-toi !** Aaron est enfermé dans ma salle de bain depuis au moins vingt minutes.

J'ai mis ma belle robe noire, courte. Elle m'arrive au genou. Je me suis coiffée les cheveux en chignon, ce n'est pas très élaboré, je sais, mais je n'ai pas eu le temps d'aller chez le coiffeur, avec tout ce qui s'est passé ces dernier jours. J'ai mis des talons noirs, assez hauts, qui font assez sophistiqués. J'aime beaucoup.

J'entends, enfin, la porte de la salle de bain s'ouvrir, et je vois Aaron sortir, en costume. Il est magnifique. Il porte également une cravate noire, c'est parfait. J'en reste bouche-bée.

- **Alors ?** Il tourne sur lui même. **Tu en penses quoi ?**

- **Wow... Euh...** je perds un peu mes mots, et mes moyens aussi. Il est magnifique. **C'est parfait Aaron...**

Il me sourit, en guise de réponse. Pendant qu'il marche de nouveau vers la salle de bain, il me dit :

- **Au fait, tu n'es pas mal non plus Emily.** Suivi d'un clin d'œil.

Wow. C'est incroyable.

Je retourne devant mon miroir, afin de me maquiller. Je mets un peu de fond de teint, du mascara et un peu de crayon. Je ne veux pas en faire trop, non plus.

Après quelques minutes de discussion, Aaron me prit le bras, m'emmenant dans sa voiture. Direction la fête.

**/FIN PDV ÉMILY LAY/**


La fête.

*****

**/PDV SANDRA COLLINS/**

J'entre dans la grande salle des fêtes, toujours en tenant Ethan par le bras. Nous avançons, au milieu de tous ces gens qui dansent. Arrivés dans la salle d'à côté, nous nous asseyons au bar, sur des tabourets.

- **Deux bières, s'il vous plaît,** dit Ethan au serveur. Je sais que je ne devrais pas boire, mais la tentation est top forte.

- **Ça marche,** répond-il.

Ethan me sourit.

- **Tu es très belle.** Je baisse les yeux. Je rougis fortement.

- **Tu es magnifique, toi aussi.** Et c'est vrai. Ethan porte un costume noir splendide. Ses cheveux sont parfaitement coiffés, et il sourit avec son sourire de charmeur. C'est génial.

- **Voilà vos bières,** dit le serveur, en nous souriant.

Alors que je cherche dans mon sac et m'apprête à payer, Ethan m'en empêche, et paye le tout. Il est formidable. Je vais le ruiner, à force.

J'entends crier mon prénom. C'est Marie. Et Alex.

- **Hey ! Ça va ?** Je fais la bise aux deux.

- **Ouais ! Depuis le temps que nous attendons cette fête !** Marie prit la main d'Alex, et ils partirent danser. Marie ne sachant pas danser, c'est très comique. Même son cavalier est mort de rire.

Nous continuons donc de boire notre bière, tout en admirant les gens qui dansent, surtout Marie, d'ailleurs.

Il est vingt heures. Léna arrive à son tour, vêtue d'une robe magnifique. Lewis n'est pas mal non plus. Ils embrassent Marie et Alex en passant, avant de se diriger vers nous !

- **Ça va les gens ?** demande Léna, en souriant.

- **Oui ! C'est génial,** répond mon cavalier.

- Dites, je commande deux bières et nous allons tous les quatre sur la grande table là-bas ?

Je regarde la table indiquée par Léna. Les chaises sont des sortes de canapés, ce qu'elle adore. Ça ne m'étonne pas qu'elle ait choisi cette table. Ethan acquiesce, puis nous nous installons confortablement sur les canapés, face à face.

Léna arrive, deux bières à la main et s'assoit à côté d'Ethan, laissant Lewis à côté de moi.

- **Vous voulez danser ?**

- **Nous irons pour les slows,** répond Ethan, en me faisant un clin d'œil, plus un tirage de langue complètement gratuit.

- **Où la la,** dit Lewis, qui n'avait pas encore parlé, **ça sens l'amour !** Je souris, et rougis. Je dois de nouveau baisser les yeux, je n'aime pas rougir devant les gens.

- **Ça va, c'est bon, on rigole.** Léna me touche l'épaule. Je relève la tête, lui tire la langue, tout en croisant les bras. Elle rit. Je regarde l'entrée, afin de voir l'arrivée de Kate.

Mais ce n'est pas Kate que je viens de voir entrer dans la salle. Ma tête se métamorphose.

- **Léna ! Regarde.**

Je lui montre la personne, en train d'entrer dans la salle.

- **Viens.** Elle m'attrape par le bras, me tirant vers elle.

**/FIN PDV SANDRA COLLINS/**

### Chapitre 19

/PDV SANDRA COLLINS/

J'esquive les gens, suivant Léna. Ça ne peut pas être elle ? Elle ne nous avait pas laissé de nouvelles, elle ne peut pas réapparaître, comme ça ? Ethan et Lewis ne comprennent pas, ils sont restés assis sur les canapés, réservant nos places.

Nous arrivons en face d'elle.

- **Emily** ? demande Léna.
- **Oui oui, c'est moi** ! Elle lui fait un câlin, avant de me prendre dans ses bras.
- **Mais tu étais où** ? Je la lâche, **nous t'avons cherché partout** !
- **Eh bien...** Elle regarde Aaron. Aaron. Je savais bien qu'il avait quelque chose de bizarre. Mais qu'est-ce qu'il a fait à Emily ? **Aaron m'a emmenée à Wembley pour quelques jours, c'était super.**
- **Ah bon,** Léna sourit. Elle ne va quand même pas avaler cette excuse? **Mais c'est génial !** Ah bah, si. **Mais en quel honneur ?**

C'est bizarre. Elle nous aurait prévenues quand même ! Non ?! Il y a forcément une autre raison !

- **Bah, je ne sais pas.** Elle rit.

C'est juste trop bizarre.

- **Emily** ! Une voix crie derrière nous. C'est Marie.

Elles se font un énorme câlin.

- **Mais tu étais où** ? demande-t-elle, en souriant.

- **À Wembley, avec Aaron.**

- **Allez, viens !** Léna l'emmène vers la table où se trouvent Ethan et Lewis.

- **Assieds-toi.**

Peu de temps après, je vois Kate qui arrive, avec Joey. Elle s'assoit avec nous, tout comme Joey.

Après qu'elle ait câliné Emily, et lui avoir posé les mêmes questions que nous, elle dit :

- **Vous voulez faire un jeu ?** Elle me fait un clin d'œil, en référence à la soirée d'hier soir.

- **Oui,** répond Alex, **lequel ?**

- **Action ou Vérité ?** demande Marie, en passant sa main dans ses longs cheveux bruns.

- **Okey,** Léna se frotte les mains, **je commence.**

Après que nous ayons tous acquiescé, Léna commence.

- **Euh... Ethan !** crie-t-elle, en le montrant du doigt. Ethan se frotte le front.

**Action ou Vérité ?**

- **Dans tous les cas, je suis foutu ?** demande-t-il.

- **Ouais.** Léna hausse les sourcils, formant une sorte de vague avec. C'est marrant.

-**Vérité.**

- **Qui préfères-tu entre moi et Sandra ?** Léna me regarde, comme pour m'énerver. Je lui tire la langue.

- **Déjà,** Ethan s'appuie à la table, **on dit Sandra et moi.**

- **Ta gueule et réponds.** Là au moins, c'est clair, net, et précis. J'explose de rire.

- **Sandra.** Il rougit, je trouve ça trop mignon.

Après avoir dit merci, c'est à lui.

- **Joey, Action ou Vérité?**
- **Action !** Il lui fait un clin d'œil.
- **Danse comme un idiot au milieu de la piste de danse.**
Après avoir ragé, nous avons pu assister à la ridiculisation de Joey. C'était juste trop marrant.
- **C'est marrant, hein.** Il est essoufflé. **Vous allez moins rire maintenant. Kate, Action ou Vérité?**
Elle croise les bras, faisant mine de bouder, mais Joey insiste.
-**Vérité.**
- **Note ma beauté sur vingt.** Elle rougit fortement.
- **Dix-huit.** C'est une tomate. C'est marrant.
- **A moi,** dit elle, après avoir retrouvé une couleur normale. **Alex ? Action ou Vérité?**
- **Vérité.** Ils choisissent que vérité ou quoi ? Les défis, c'est marrant, aussi.
- **Aimes-tu ta sœur ?**
- **Euh, oui,** dit-il, en regardant Léna.

Il fait un clin d'œil à sa sœur, avant de continuer à parler.
- **Bon,** dit il**, c'est à moi.** Alex se frotte les mains.
Alors qu'Alex s'apprête à poser sa question, les slows sont lancés. Nous partons alors par deux pour danser sauf Emily et Aaron. Alex est dégoûté, je pense qu'il va se venger.
C'est dommage, je trouve, qu'Emily et Aaron ne dansent pas.
Je suis face à face avec mon cavalier, Ethan, mes mains étant autour de son cou, et ses douces mains sur mes hanches. C'est parfait. Nous bougeons au rythme de la musique. C'est le rêve. Nos fronts se touchent, nous sourions, nous dansons, sur le rythme de la musique... J'aime ça.

*****

Les slows terminés, nous retournons sur le canapé, autour de la table, avec Emily et Aaron. Kate, Joey, Léna et Lewis continuent de danser, mais Marie et Alex viennent avec nous. Ils avaient dansé avant, ils ont mal aux pieds.

- **Un autre jeu, ça vous dit ?** propose mon Ethan.

- **Bonne idée,** répond alors Alex.

Aaron et Emily n'ont pratiquement pas parlé de la soirée, je ne sais pas ce qu'ils ont, mais ils se font très discrets.

- **Okey. Nous devons dire des mots commençant par la lettre "E", le premier qui n'en a pas est éliminé. Okey ?** demande Alex.

D'un commun d'accord, nous commençons à jouer.

- **Éléphant.** Emily passe sa main dans ses cheveux blonds, sur son chignon.

- **Énorme,** enchaîne Aaron.

C'est à moi.

- **Élégant.**

- **Évidement,** dit mon petit homme bouclé.

- **Emily !** dit Kate, en souriant. Je ne sais pas s'il y a le droit au prénom, mais ce n'est pas grave.

- **Et.** Alex nous nargue, en nous tirant la langue.

C'est au tour d'Emily.

- **Élastique.**

- **Écouter !** ajoute Aaron, en passant une main dans ses cheveux blonds, bien coiffés.

- **Énervé.**

- **Épuisé!** dit Ethan, en passant sa main dans ses cheveux. Je le regarde, il me fait un clin d'œil.

Nous continuons de jouer à ce super jeu pendant presque une demi-heure, avant que Kate et son partenaire ne reviennent parmi nous. Il doit être vingt et une heure et demie.
**/FIN PDV SANDRA COLLIN/**
*****

**/PDV LÉNA AHTER/**
- **On fait quoi ?** Je suis entrain de danser avec Lewis.
- **Je ne sais pas,** il me lance des regards chelou, **nous pourrions allez dans un endroit moins fréquenté ?** Il m'embrasse dans le cou.
- **Qu'est-ce que tu insinues, par là ?** Je lui rends son regard, faisant le même.
- **Tu voudrais venir dans ma chambre d'interne ?**
Il me lance un regard implorant, alors j'accepte. Après tout, nous nous connaissons depuis longtemps.
Après avoir quitté la salle de bal, je monte de nouveau dans sa voiture.
*****
Trois minutes plus tard, je me retrouve au Lycée, dans la chambre de Lewis. C'est la même que la mienne, si ce n'est un peu plus grande. Elle est très bien décorée. Je ne sais pas si c'est lui qui l'a décoré, ou bien son colocataire, dont j'ignore l'identité, mais en tout cas, c'est vraiment très joli.
- **C'est magnifique Lewis.** J'en reste bouche-bée. Il y a des fleurs et des dessins sur les murs, tout cela dans des couleurs plutôt grises, en passant par du noir et blanc, à certains endroits. J'aime beaucoup.
- **Mais tu n'es pas là pour admirer la décoration, ma petite.** Il hausse les sourcils, tout en me lançant un regard pervers. **Enfin, si,** ajoute-il, **mais pas le même genre de décoration.**

Après cela, il s'avance rapidement vers moi, m'attrape à la taille, et me plaque sur le lit, en m'embrassant dans le cou. *Nous ne nous sommes encore jamais embrassés.* Il se place entre mes jambes, et m'embrasse dans le cou, sur la joue, sur la bouche. J'aime. Je veux aller plus loin.

Il baisse la tête, après notre premier baiser. Je remarque que quelque chose ne va pas. C'est de ma faute ? Il n'a pas aimé ? Mais pourtant nous venions juste de commencer !

-**Qu'est-ce qu'il y a ?** Il ferme les yeux, il me cache quelque chose, c'est sûr.

Suite au silence pesant qui s'installe, je rajoute : **Tu peux me le dire si tu ne veux pas qu'on...**

- **Ce n'est pas ça, Léna...** Mais alors c'est quoi ? Il m'énerve à ne rien vouloir me dire !

- **Alors, c'est quoi Lewis ?** Il remonte peu à peu son regard sur moi. Ses yeux... Ses yeux sont devenus rouges, et gonflés. Et ses dents ! Ses canines sont devenu énormes... Mais ?

- **Je ... Je suis désolé, Léna.** Je n'ai pas eu le temps de demander pourquoi, car je sens une énorme douleur dans mon cou. Une douleur insupportable, une douleur immense. Je crie, j'hurle, et me débats de toutes mes forces, en priant pour que quelqu'un m'écoute. Je crois qu'il me mord, mais après, tout est trouble, ma vison est trouble, mes sensations sont troubles... Mais qu'est-ce qui m'arrive ?

Je ne comprends plus rien... Quand tout à coup... ma vision devient noire, je ne vois plus rien, je n'entends rien... C'est le néant total, c'est le trou noir.
**/FIN PDV LÉNA AHTER/**

### Chapitre 20

**/PDV ÉMILY LAY/**

J'entends quelqu'un hurler. Mais ça paraît loin, très loin. Je dois trouver qui c'est, j'en ai besoin, ce hurlement me fait mal à la tête. Et puis on dirait Léna. Non, ça ne peut pas être elle... Si ? Mais comment je fais pour écouter ? Ce n'est pas normal ? Aaron ne m'en a pas parlé ? Je dois sortir d'ici...

- **Je... Je dois prendre l'air.** Je me dirige donc vers la sortie, sous les regards intrigués de ses amis. Je sens qu'Aaron me suit. Mais je m'en fous, je veux juste faire cesser le bruit.

- **Qu'est-ce qu'il y a ?** me demande le Vampire, une fois dehors.

- **Je ne sais pas... J'entends quelqu'un hurler, c'est dans ma tête, mais on dirait Léna...**

Son visage se change. Mais c'est quoi le problème? Je suis en danger ? Non... Léna est en danger.

- **Tu l'as vu dans la salle ?** me demande Aaron.

- **Non**, je jette quand même un petit coup d'œil dans la salle, afin de m'en assurer. **Elle n'y est pas.**

- **Où l'as-tu vue la dernière fois ?**

Mais je n'en sais rien ! J'ai d'autres choses à penser moi ! Je viens de revoir mes amies, je dois lutter pour ne pas les manger, et je suis en soirée, je suis sensée m'amuser, non ?

- **J'en sais rien moi !**

\- **Emily, réfléchit !** Il me lance un regard pressant.

\- **Elle dansait avec Lewis.**

Aaron change de nouveau de tête... sa tête est plus étrange encore...

\- **Quoi ?** Je le regarde avec des yeux inquiets. Mais qu'est-ce qui se passe, encore ?

\- **Jess.** Jess ? Mais c'est qui lui ?

\- **Qui est Jess ?**

\- **C'est un Vampire, mais je ne sais pas qui l'a transformé. Il y a donc forcément un autre Vampire ici. C'est peut être Lewis.** Il baisse les yeux.

\- **Mais alors...** je réfléchis... Il ne peut pas s'en prendre à Léna ! **Léna est en danger ?**

\- **Oui...** Il m'attrape les bras, me regarde dans les yeux, et me dit : **Nous devons la retrouver.**

J'acquiesce. Le premier endroit à visiter, le lycée.

Il me prend la main, et se met à courir, courir très vite. Comme un Vampire. J'espère arriver à temps.

**/FIN PDV ÉMILY LAY/**

*****

**/PDV SANDRA COLLINS/**

\- **Nous jouons à quoi ?** demande Marie.

\- **Au jeu d'Ethan !** s'exclame Alex.

D'ailleurs, où est Léna ? Elle ne va pas faire comme Emily, et disparaître sans prévenir, si ? Et elle est où, Emily ? Et Aaron ? Et Lewis ? Ils sont tous partis ou quoi ? Pas déjà j'espère ! C'est quand même le bal de Noël !

\- **D'accord,** dit mon petit cavalier, **je commence. Alors, ça va ?**

\- **Bien sûr !** Je lui réponds, tout en lui souriant.

- **C'est vrai ?** enchaîne Marie.

- **Dommage que tu ne me crois pas.** Alex sourit à Marie. J'avoue, il a un joli sourire. Mais pas aussi beau que celui d'Ethan.

- **Évidemment qu'elle te croit !** répond Joey, tout en passant une main dans ses cheveux.

- **Faut la croire.** Kate rit. J'adore son rire, il est super communicatif.

- **Guettons l'arrivée de nos amis.** Ethan sourit.

- **Happy Birthday !** Je lève les mains en l'air, tout en souriant. J'espère que ça va passer, je ne crois pas que l'anglais soit autorisé.

- **Inoubliable, cette soirée.** Marie me fait un clin d'œil.

- **J'avoue, c'est super.** Alex embrasse la joue de sa partenaire, qui rougit presque instantanément.

- **Kangourou.** Tout le monde se retourne vers Joey. Mais c'est quoi le rapport ? Mais c'est marrant, cela dit.

- **Lorsque tu as dit cette phrase,** Kate croise les bras, **tu étais hors sujet.**

- **Méchante.** Ethan passe sa main dans ses cheveux bouclés. C'est adorable.

- **Non, elle est gentille.** Manque d'inspiration, alors je préfère défendre mon amie Kate.

- **Ouh là là, ça part en clash !** Marie pose ses mains devant sa bouche, de manière ridicule.

- **Pourquoi fais-tu ça ?** lui répond son cavalier.

- **Quoi ? Tu oses lui demander la raison ?** Joey le frappe, gentiment. Cela fait rire tout le monde.

- **Rares seraient les personnes qui ne l'auraient pas fait !** Kate croise les bras, et tire la langue à Joey, comme pour l'embêter. Elle rit moins, cinq minutes plus tard, lorsque Joey la chatouille, jusqu'à ce qu'elle le supplie d'arrêter, en pleurant de rire.

- **Salop !** Ethan fait semblant de s'énerver. **Laisse-la tranquille !**

- **Tranquille ?** Je fais genre que je suis étonnée. Étant donné mon niveau de comédie, j'ai du être aussi crédible qu'un énorme radin jurant de faire des dons humanitaires. Mais bon, ce n'est qu'un jeu, après tout.

- **Unique est cette discussion.** Marie imite quelqu'un de noble, et de prétentieux. C'est amusant.

- **Voilà quelqu'un à la hauteur,** Alex se lève, la montrant du doigt, ce qui est inutile, étant donné qu'elle se trouve juste à côté de lui.

- **Wagon.** C'est le retour de Joey, et ses chers mots hors sujet.

- **Xylophone.** Voilà Kate qui l'imite. Nous n'irons pas loin, avec une discussion pareille.

- **Yop. J'ai envie de manger un Yop.** Ethan se frotte le ventre, tout en se léchant les babines. Cela me fait beaucoup rire, tellement, qu'il m'a fallu plusieurs minutes pour reprendre ma respiration.

- **Zut, j'ai terminé par le même mot que la dernière fois.** Je ris. J'adore ce jeu. Merci Ethan.

Les slows recommencent, je me dirige donc sur la piste de danse, avec Ethan. Il me prend par la main, m'emmène au milieu, et nous commençons à danser, tout en nous souriant, et en nous regardant droit dans les yeux. Il a des yeux magnifiques. Ils sont d'un vert éclatant, brillant, bref magnifique. Son sourire est aussi totalement parfait, ce mec est juste trop beau...

Comme tout à l'heure, mes bras autour de son cou, ses mains sur mes hanches, nos fronts se touchant... Tout est parfait. Je lui souris, il baisse les yeux. Je sens qu'il veut me dire quelque chose, il rougit.

- **Sandra...** Je souris.

- **Oui ?** Il me regarde droit dans les yeux.

**- Je crois que... Que je suis tombé amoureux de toi...**
Wow. Ces mots me choquent... Alors, lui aussi ?
**- Ça tombe bien, car c'est mon cas à moi aussi...**
Je le regarde dans les yeux... Mais que va-t-il se passer ? Je le sens, tout près de moi, tout en bougeant, sur le rythme lent de la musique... Je sens son souffle chaud parcourir mon visage, je suis si bien près de lui... Ses lèvres frôlent les miennes, je le serre, afin qu'il soit encore plus près de moi... sa présence me calme, m'apaise, me rassure, j'ai besoin de lui près de moi... Quand ses lèvres rentrent en contact avec les miennes, je sens un frisson de joie parcourir mon corps. Un sentiment de joie, de calme... Ou tout simplement d'amour... Il m'embrasse, nos lèvres bougent en rythme, sur le rythme de la musique... Nos lèvres bougent en parfaite harmonie, je comprends alors que nous sommes faits l'un pour l'autre, que ce sera lui et personne d'autre... Je n'avais jamais ressenti ça pour quelqu'un... Oh mon dieu, je crois que je l'aime... Euh non, je ne l'aime pas, je suis amoureuse de lui. J'ai des sentiments très forts pour lui... Je ne veux pas le perdre... Toutes ses réflexions, pensant qu'il m'embrasse au milieu de la piste de danse, sous les regards attendris de mes amis. Mes mains se placent peu à peu sur ses joues, Oh mon dieu elles sont si douces...

Nous nous embrassons avec passion, le temps semble s'être arrêté, comme si il ne restait que nous deux, pour toujours... Ses douces lèvres bougent avec les miennes, marquant de courtes pauses, pendant lesquelles il me montre de nouveau son sourire de dieu.

Je voudrais que cela ne s'arrête jamais. Que nous restons tous les deux ici, à s'embrasser... Je ne veux pas que cela cesse.

Il arrête de m'embrasser, il me sourit, avant de placer sa tête dans mon cou, me faisant un énorme câlin. J'adore ses câlins. Il me chuchote "Je t'aime" à l'oreille. Il est tellement parfait...

Nous continuons de danser, tout en se serrant fort, très fort, mais jamais assez fort... Je veux lui montrer à quel point de je l'aime, à quel point je tiens à lui... Je ne veux pas que quelque chose nous sépare, mais la seule chose qui serait capable de ça, c'est le temps.

C'est peut-être un peu rapide pour éprouver tout ça, mais entre nous c'est le coup de foudre. Et cela, ça n'arrive qu'une seule fois dans une vie... J'espère que mes sentiments sont réciproques... Et puis, je l'aime tellement.

Nous continuons de danser sur la musique, tout en se regardant droit dans les yeux. C'est tellement parfait.

**/FIN PDV SANDRA COLLINS/**

### Chapitre 21

**/PDV ÉMILY LAY/**

Nous arrivons dans les dortoirs du lycée. Je ne suis pas venue ici souvent. En nous promenant à travers les couloirs, nous remarquons tout de suite une porte ouverte. En suivant notre instinct, nous entrons à l'intérieur. Puis, sous nos regards ébahis, nous découvrons le corps de Léna, ensanglanté, sur le lit... Mais qui a fait ça ? Est-ce Lewis ? Jess ? Personne ne peut savoir, à part elle, Léna, cette innocente fille... Elle est tellement adorable, qui a pu la mordre comme ça ?

Je vois son sang couler sur le lit... Je dois me contrôler...

- **Oh mon dieu, Aaron, aide-la !** J'explose en pleurs...
- **Je vais faire tout mon possible.** Il pose sa main sur mon épaule. Je sens que je peux lui faire confiance. **D'abord, je dois vérifier si elle est toujours vivante. Si ce n'est pas le cas, alors nous devrons la transformer en Vampire.**

Léna ? En Vampire ?

**/FIN PDV ÉMILY LAY/**

*****

**/PDV STÉPHANIE GUYLAUME/**

Assise devant un film, et oui, encore un. Je ne fais que regarder des films, depuis qu'Aaron m'a quittée. Enfin, ''quitter'' est un bien grand mot. Avons-nous été ensemble un jour ? C'est si bizarre… Il y a quelques jours à peine, c'était mon ennemi juré. Mais maintenant, après ses bouleversantes révélations, je m'aperçois que le "méchant de l'histoire" peut s'avérer être un type bien. Mais pourquoi tout ce que j'ai de bien s'en va ? Ou me trahit ? Je suis triste. J'ai envie de mourir.

Quelqu'un toque à la porte. Mais qui peut bien venir me rendre visite à cette heure-là ? Tout le monde est à la grande fête de Noël !

Je me dirige vers celle-ci, l'ouvre, et tombe sur une grande femme brune, que je ne connais pas. Elle est appuyée contre le mur, et me regarde, sûre d'elle.

- **Qui es-tu ?** Je commence à refermer la porte. Mais elle m'en empêche. J'aimerais que Salomé et Alyssa soient là. Elles m'auraient aidée, les jumelles. J'ai peur...

- **Je m'appelle Morgane. Et toi, qui es-tu ?** Elle hausse les sourcils, avant de laisser un sourire sadique prendre possession de son visage.

Attendez... Morgane... Ce nom me dit quelque chose... Oh Mon Dieu ! Morgane ?!

**/FIN PDV STÉPHANIE GUYLAUME/**

## Chapitre 22

**/PDV STÉPHANIE GUYLAUME/**

- **Je suis Stéphanie.** Elle me sourit. Elle me regarde de haut, et je n'aime pas ça du tout.

- **Je sais.** Si elle sait, pourquoi m'a-t-elle posé la question ? Bizarre...

- **Qu'est-ce que tu me veux ?**

Elle hausse les sourcils, l'air étonné. Mais ?

- **J'ai besoin de toi.** De moi ? Mais pour quelles raisons ? Je ne la connais pas ? Si ? En tout cas, je ne me souviens pas d'elle.

- **Mais nous nous ne connaissons pas !** Elle rit. D'un rire sadique.

- **Aaron ne t'a pas parlé de moi ?** Aaron... Attends... Ô mon dieu si !

Je reste bouche-bée.

- **J'ai besoin de ma bague.** De sa bague ? Mais je ne l'ai plus, moi !

- **C'est... C'est Aaron qui l'a...** Elle me regarde, étonnée.

- **Aaron ? Ah bon ? Et bien, ça va être vite réglé.** Vite réglé ? Comment ça ? Elle ne va pas lui faire de mal ?

Elle m'attrape par le bras, et me tire d'une force surnaturelle. Je ne sais pas où elle m'emmène. Elle prend un papier de sa poche, écrit dessus et le colle à ma porte. Dessus, c'est écrit "La bague contre Stéphanie".

Et merde.

**/FIN PDV STÉPHANIE GUYLAUME/**

## Chapitre 23

/PDV SANDRA COLLINS/

Après avoir fini de danser avec mon prince charmant, je retourne m'assoir autour de la table, avec mes amis. Lewis, Léna, Aaron et Emily ne sont toujours pas revenus. J'ignore où ils sont.

Il commence à faire tard, il n'est pas loin de vingt-trois heures. C'est déjà tard. Bref. Nous continuons de passer une bonne soirée, à parler, plaisanter, et s'amuser.

/FIN PDV SANDRA COLLINS/

*****

/PDV ÉMILY LAY/

- **Alors ?** dis-je à Aaron. Je dois savoir si Léna va devenir Vampire.

- **Elle est presque morte, Emily... Il faut la transformer.** Je sens mon cœur jaillir de ma poitrine. Léna ? En Vampire ?

Aaron s'arrache la peau de son bras, et fait boire son sang à Léna. Elle boit, boit, boit toujours, elle reprend peu à peu des forces. Je n'arrive pas à croire qu'elle va devenir un Vampire... C'est déjà si dur pour moi d'en être un... Alors elle....

Léna commence à reprendre conscience. Aaron place ses mains sur sa nuque... Et la lui casse.

- **Aaron ! Pourquoi tu l'as tuée ?** J'explose en pleurs. Il m'a trahi.

- **C'est comme ça qu'on transforme un humain en Vampire, Emily.** me répond-il calmement. **Je t'ai tué, toi aussi.**

Je reprends peu à peu mon souffle... J'ai eu extrêmement peur.

- **Et nous faisons quoi, maintenant ?**
- **Toi, tu attends qu'elle se réveille, moi, je vais chercher Lewis.**
- **Mais tu ne sais même pas où il est !**
- **Je vais allez chez Stéphanie. D'après ce que j'ai compris, elle est amie avec Jess, Et Jess pourra certainement me dire où est son pote Lewis.**
- **Steph est ami avec Jess ?** C'est encore étrange, ça. En même temps, plus rien est normal depuis quelques jours.
- **Je suppose, comme c'est lui qui lui a parlé de mon secret.** Ah oui. La fameuse histoire d'Aaron et Camille. Je l'avais presque oubliée, celle-là. Mais de toute façon, elle est morte, alors...
- **Euh... Aaron ?** dis-je d'une voix timide.
- **Oui ?**
- **Je lui dis quoi, à Léna, quand elle se réveille ?**
- **La vérité.** C'est bien la réponse que je craignais. J'ai peur. Peur qu'elle ne me croit pas, peur qu'elle préfère mourir qu'être un Vampire, juste... Peur de la perdre.

En plus, Lundi, je pars en vacances avec mes amies... Nous allons devoir leur dire, pour qu'elles acceptent de stocker du sang au frigo, ou nous les mangerons.

Tout est si compliqué, à présent. Ce n'était pas comme ça, avant.

Il n'y a plus qu'à attendre. Attendre qu'elle se réveille.

**/FIN PDV ÉMILY LAY/**

*****

**/PDV LÉNA AHTER/**

*Je me sens bien,*

*Je me sens renaître,*

*Je ne sais pas ce qui m'arrive,*

*J'ouvre les yeux, difficilement.*

Mais où suis-je ?

Et où est Lewis ?

Ô mon dieu

Mes souvenirs reviennent...

Je crois qu'il...

Non, c'est impossible !

Mais c'est tellement réaliste...

Il m'a mordu.

Mais alors ?

C'est un Vampire ?

Je me redresse. Je vois Emily, assise au bord du lit. Mais qu'est-ce qu'elle fait là ?

**- Salut Léna.** Elle se penche vers moi, **te rappelles-tu de ce qui t'es arrivée ?**

Elle sait ? Elle le sait ? Non... C'est impossible...

Je marmonne une sorte de oui. Elle me sourit. Son sourire me fait peur maintenant. Mais je ne sais pas pourquoi.

**- Donc tu es au courant de ta nouvelle vie.** Mais qu'est-ce qu'elle insinue ? Je suis également un Vampire ? Non... C'est impossible ! Ça n'existe pas ! Mais je n'ai pas rêvé ? Lewis m'a vraiment mordu! Ce n'est pas logique... Il y a forcément une explication logique à tout ça. Mais c'est si réaliste !

**- Emily...**

- **Tu es un Vampire, Léna.** Cette phrase eut le même effet qu'un coup de poing. Je ne voulais pas y croire.

- **Mais c'est impossible !** Emily me nargue du regard. Je ne comprends pas.

- **Regarde-moi.** Mais pourquoi ?

Ô mon dieu. Ô mon dieu ! Ses yeux bleus de nature virent au rouge. Et en dessous de ses yeux... Alors c'est bien réel ?!

- **Je vais t'aider. Aaron et moi allons t'aider.** Aaron. C'est vrai qu'il paraissait bizarre, mais je ne pensais pas qu'il était "bizarre" à ce point ! Devant mon regard choqué, elle ajoute : - **Je vais te dire la même chose que Aaron m'a dit. Mais avant, tu dois boire du sang.** Elle me tend une pochette de sang. **Je suis allée la chercher pendant que tu faisais ta petite sieste.** Je ne veux pas en boire, mais ce liquide m'attire irrésistiblement.

Je m'approche de celui-ci, prends la paille dans ma bouche... Mais qu'est-ce que je fais ? Je ne me contrôle plus... Je goûte ce liquide rougeâtre... C'est bon. Très bon même. Je bois l'intégralité du flacon. J'en veux encore. Mais qu'est-ce qui m'arrive ?

J'ai mal aux dents... De plus en plus... La douleur devient insupportable... Je sens quelque chose transpercer ma gencive. J'ai mal, très mal, trop mal. Soudain, la douleur s'arrête. Je comprends. Ce sont mes canines de Vampires. Emily ne m'a donc pas menti... - **Je suis un Vampire.**

Je n'y crois pas... Mais ce n'est pas possible...

- **Je vais tout t'expliquer.**

Je la regarde dans les yeux. J'ai peur.

**/FIN PDV LÉNA AHTER/**

*****

**/PDV AARON KADER/**

Je vais chez Stéphanie. Je me sens légèrement coupable, après l'avoir larguée comme je l'ai fait. Mais nous avons besoin d'elle.

J'arrive devant chez elle. Il y a un mot, collé sur la porte : "La bague contre Stéphanie".

Ô mon dieu. Je sais qui c'est. C'est Morgane. Elle est de retour.

Je dois retrouver Stéphanie. Mais je ne sais pas où est Morgane ? Je vais allez chez moi. A Wembley. Elle y sera certainement.

J'ai peur pour elle.

*****

J'arrive enfin à Wembley. Je monte rapidement les escaliers de chez moi, jusqu'à mon appartement. J'entre, méfiant.

- **Je t'attendais,** dit une voix. Je me retourne. Je vois Morgane... et Stéphanie.

- **Lâche-la, ou tu vas payer !**

- **Non, c'est toi qui va payer.** La voix vient de derrière moi. Je me retourne de nouveau...

- **Lewis ?**

- **Oui, oui. C'est bien moi.** Je n'y crois pas... Lewis ?

- **Mais... ?**

- **J'ai mordu Léna pour te distraire, et maintenant tu es pris au piège.**

- **Lewis... Tu n'as pas le droit !**

- **Je ne suis pas venu tout seul.** Il me sourit, d'un sourire de sadique. **J'ai emmené un ami.**

Avant que je n'aie pu répondre, je vois Jess, juste à côté de lui. Jess ? Oh non... Ne me dites pas qu'il m'a trahi !

- **Jess... Oh non, pas toi !**

- **Et si ! Mon plan a parfaitement fonctionné. Je suis devenu Vampire, et tu es tombé raide dingue amoureux de Stéphanie. Tellement, que tu n'as pas vu tout ce que je manigançais. Comme c'est dommage !**
Il marque une pause, pendant laquelle il rit.
- **Et maintenant, la bague,** me dit Lewis, en me tendant la main.
- **Et si je ne veux pas ?** J'essaye de la conserver le plus longtemps possible. S'ils ressuscitent les Vampires, ce sera le chaos total partout. Surtout le mari de Morgane...
- **Alors tu mourras. Ainsi que Stéphanie.** Jess se moque de moi, tout en croisant les bras. Je le déteste. Putain.
Je jette un coup d'œil vers Stéphanie. Elle me supplie du regard. Je ne peux pas la laisser, la laisser mourir... J'ai déjà perdu Camille, Je ne peux pas la perdre aussi...
- **Non.** J'espère avoir pris la bonne décision. **Vous n'aurez pas la bague.**
- **Très bien...** Lewis et Jess s'approchent de moi. Très près de moi. **Alors meurs.**
Je sens un objet en bois transpercer ma peau, et toucher mon cœur... Je réussis à dire... **"Stéphanie ! Je t'aime !"** dans un dernier souffle. Avant de m'écrouler sur le sol... Je ne sens plus mes mains, ni aucun organe ni aucun membre de mon corps. Plus rien ne peut me ressusciter... Enfin si, le produit de la bague.
Je ne sens plus la bague à mon doigt, je ne sens plus rien, je pars... Dans un autre monde, dans le monde des morts... Après tout, est-ce si triste ? Je ne sais pas...
Ma vision devient trouble, puis noire. Je pars...
Je... ne...vois... plus... rien...
Je... n'entends... plus... rien...

Je... pars...

Adieu....

A ce moment là, je ferme mes yeux, à jamais.

**/FIN PDV AARON KADER/**

**Chapitre 24**

**/PDV STÉPHANIE GUYLAUME/**

J'hurle. J'hurle de toutes mes forces. Il ne peut pas être mort ? Morgane me lâche, je m'écroule au sol... Et, en une seconde, ils partent tous, rapidement. Rapide comme un Vampire. Je cours vers le corps inanimé d'Aaron.

Je pleure. Je pleure toutes les larmes de mon corps. Il ne peut pas être mort ? Je m'allonge à côté de lui, comme lors de notre première fois... Je pose mes lèvres délicatement sur mes siennes... Repensant à ses derniers mots... "Stéphanie, je t'aime". Je pleure...

Je repense aussi aux paroles de Jess : "Tu es tombé fou amoureux d'elle"... Alors il m'aimait ? Je l'aimais aussi... Mais je n'ai pas eu le temps de lui dire... Il est parti trop vite...

Je m'en veux... Je l'aime tellement...

Son petit cœur ne bat plus...

Je pleure...

Je dois me venger,

Récupérer la bague,

Et le ramener à la vie.

Mais comment ?

Je sais...

Sandra, Emily, Léna, Kate et Marie...

Je me lève, embrassant une dernière fois Aaron, et puis merde... Je ne peux pas partir, pas maintenant.

/FIN PDV STÉPHANIE GUYLAUME/

\*\*\*\*\*

/PDV LÉNA AHTER/

Emily m'a tout expliqué. Tout. Les avantages, les inconvénients, tout. Je pense être capable de me contrôler, enfin, je vais essayer.

- **Viens,** me dit-elle, en se levant, **nous devons partir d'ici.** Elle m'attrape la main, et me tire en dehors des dortoirs, vite, vite comme un Vampire.

Tout est si bizarre, à présent. Je ne sais pas vraiment pourquoi Lewis m'a transformée, mais une chose est sûre, je suis un Vampire, à présent.

Après avoir pris le bus, nous arrivons assez rapidement à Wembley. Pourquoi là-bas ? Bref. Nous montons dans une sorte d'immeuble, et Emily affirme qu'il s'agit de celui de Aaron. Je la crois.

Nous montons les marches, avant d'entrer dans une petite pièce. La porte n'est pas verrouillée, ce qui m'inquiète légèrement. J'entends quelqu'un pleurer.

- **C'est qui ?** je chuchote, sans regarder Emily.
- **Je ne sais pas...** Elle paraît aussi intriguée que moi. Nous entrons dans la pièce, et nous voyons Steph. Ici, devant nous, penchée sur un corps. Elle pleure.

Lorsqu'elle relève la tête, elle court en notre direction, avant de nous sauter dans les bras.

- **Ils... Ils ont tué Aaron...** Elle pleure, tout en me serrant fort dans ses bras. Je vois Emily contempler le corps d'Aaron. Il ne peut pas être mort ! Si ?

- **Stéphanie...** Emily prend un air sérieux. **Tu sais qui l'a tué ?**

Elle essuie les larmes coulant sur ses joues.

- **Oui,** marmonne-t-elle... **Morgane... Jess... Et...** Elle me regarde dans les yeux. Je ne comprends pas ? **Lewis.**

Cette dernière révélation eu l'effet d'une bombe en moi. Lewis ? Non, c'est impossible ! Emily garde un air sérieux, et continue ses questions.

- **Que voulaient-ils ?** Elle marche, tout en se frottant la tête. Elle réfléchit.

- **La bague,** articule-t-elle, entre deux pleurnichements. **Ils l'ont récupérée. Ils veulent ressusciter les Vampires, mais des Vampires méchants. Ce sera le chaos total...** explique Stéphanie.

- **Mais... Ils t'ont laissé ici, sans rien te faire ?**

- **Oui. Je comptais venir vous en parler, mais je n'ai pas pu, surtout après qu'il...**

D'autres larmes coulent sur ses joues. – **Après qu'il quoi ?** -

- **Avant de mourir... Il m'a dit qu'il m'aimait...**

Elle pleure de plus belle. Elle me fait vraiment de la peine.

- **Je voulais vous prévenir... avec Sandra, Kate et Marie...** enchaîne-t-elle.

- **Non,** dit Emily. **Laissons les autres filles en dehors de tout ça. Restons toutes les trois, récupérons la bague, ensuite nous sauverons Aaron. Et ensuite, tout reviendra comme avant.**

Alors, nous n'allons rien leur dire ? Mais... Elles ne vont pas s'inquiéter de ne pas nous voir ?

- **Emily, tu es sûre ?**

Elle s'énerve. - **Tu as une autre solution à proposer ?** J'hoche doucement la tête.

Rien ne sera plus jamais comme avant.

J'ai également envie de pleurer.

- **Et on fait comment pour les localiser ?**

- **Je sais où nous devrions allez.** Stéphanie paraît soudain plus confiante.

- **Où ça ?** Je peux voir une lueur d'espoir dans le regard d'Emily. Heureusement qu'elle est là. Et qu'elle prend tout en main. Sinon, je ne sais pas comment je ferais. Je ne me contrôle pas encore parfaitement, d'ailleurs, j'ai constamment envie de mordre Stéphanie. Heureusement que j'arrive à me contrôler.

- **Chez deux ex-amies sorcières. Elles les localiseront facilement.** Elle paraît triste à l'idée de les revoir, mais nous avons vraiment besoin de cela. Je ne parle pas, les écoutant discuter de notre avenir, et de celui d'Aaron.

*****

Pas longtemps après, nous nous retrouvons devant la porte d'une grande maison. Celle de Salomé et Alyssa, comme dit Steph. Je ne comprends pas vraiment ce qui se passe, mais j'essaye de suivre. Durant le trajet, très court, Steph nous a tout expliqué à propos des sorcières, et de leurs relations. J'espère qu'elles accepteront de nous aider, malgré qu'elles soient en froid avec Stéphanie.

La porte s'ouvre. J'ai peur.

- **Stéphanie ?** demande une fille, avec la peau mate et des cheveux noirs.

- **Salomé.** Elle parle d'un ton sec.

- **Mais, qu'est ce que tu fais là ?**

- **J'ai besoin de vous.**

- **Et…** Elle ne laisse pas Salomé finir sa phrase.

- **C'est la bague.**

Salomé comprend, et nous laisse entrer. Je fais ensuite la connaissance de sa jumelle, Alyssa. Elles se ressemblent tellement ! Salomé nous sert des verres, avant de nous inviter à nous assoir autour d'une table. Elle paraît prête à écouter les ennuis de Stéphanie, malgré les choses horribles que cette dernière leur a dites.

- **Bien. Morgane, une sorcière, Jess et Lewis, deux Vampires, ont tué Aaron devant mes yeux afin de récupérer la bague. Ils comptent ressusciter plein de Vampires, qui pourraient nous tuer en moins de deux secondes. Le plan ? Les retrouver et reprendre la bague. Et les tuer, aussi. Seulement, mes amies étant seulement des Vampires débutants, nous ne pouvons pas les localiser. Vous pourriez le faire ?**

Après ce récit de la part de ma voisine de table, elles acquiescent, avant de sortit un bol, et d'y déposer de l'eau et une carte de Wembley, par dessus. La carte ne touche pas l'eau. Je n'ai jamais vu de sorcière avant elles. Je ne sais pas pourquoi, mais je sens que cela va être incroyable. Il faudrait peut-être que je m'habitue au fait que le monde dans lequel j'ai grandi est différent que celui dans lequel je vis à présent.

Elles ferment les yeux, plaçant leurs mains au dessus du bol, en récitant une sorte de formule. L'eau prend feu, sous mes yeux. Je suis choquée…. mais ?

Le feu se balade sur la carte, sans pour autant la brûler. J'ai l'impression que c'est la flamme qui localise les individus. J'espère que cela va marcher.

C'est notre seule chance.

La flamme se déplace dans un cercle de plus en plus restreint, avant de s'arrêter dans une petite zone.

- **Mais ?** Stéphanie paraît choquée. Elle connaît le lieu ?

- **Qu'est ce qu'il y a Stéphanie ?** demande Emily.

Depuis le temps que je la connais, je n'ai jamais vu Emily aussi sérieuse. Elle, qui, habituellement rit au éclat tout le temps, elle qui fait toujours des blagues hilarantes, elle qui trouve toujours le moyen de rire, même dans les situations les plus tristes... Elle a beaucoup changé. J'espère ne pas faire de même.

- **Ce n'est pas la maison de ta soeur ?** demande Alyssa, en même temps que la flamme s'éteint.

- **Si,** répond-elle, toujours d'un ton assez sec.

La maison de la soeur de Stéphanie ? Cela aurait-il un rapport avec elle ? Je n'en sais rien, à vrai dire, je ne connais pas vraiment la soeur de Steph.

- **Allons-y,** dit Emily, tout en se relevant.

Nous commençons à repartir, avant d'être arrêtées par Salomé.

- **Tu... Enfin vous ne voulez pas que nous venions avec vous ?**

-**Non,** répond Stéphanie. Personnellement, je trouve ça un peu déplacé, surtout après l'aide qu'elles viennent de nous fournir.

- **Écoute,** enchaîne la sorcière, **Morgane est une sorcière. Vous ne pourrez pas lutter contre elle. Elle peut vous tuer par la pensée si elle le désire.**

- **D'accord. Venez,** dit sèchement Emily.

Je ne comprends pas pourquoi elles sont si froides avec Alyssa et Salomé, pour moi, elles ont l'air sympa, et puis, elles nous ont quand même aidées, après, je ne sais pas tout.

Je peux voir un petit sourire se former sur les lèvres des jumelles. Ce qui n'est pas le cas de Stéphanie. Elle tire une tête !

Bref, après quelques minutes, de silence, Alyssa rajoute :

- **Restez dormir, c'est minuit. Nous irons là-bas demain.**

D'un commun d'accord, nous nous dirigeons de nouveau à l'intérieur de la maison.

Si seulement je savais tout ce qui nous attendait.

**/FIN PDV LÉNA AHTER/**

## Chapitre 25

**Léna [Jour 7]**

Après une courte nuit, je me retrouve réveillée par Emily, qui a dormi juste à côté de moi. Je m'assois sur le lit, avec un mal de tête épouvantable. Emily m'affirme que cela est dû à la transformation, et que c'est parfaitement normal. Je jette un bref coup d'œil à mon portable. J'ai au moins dix appels manqués de Sandra, cinq de Marie, et trois de Kate. Ça me fait mal de les "abandonner" comme ça, surtout le jour de la fête du Lycée, que nous attendions toutes avec impatience. Et puis, j'aimerais bien savoir comment se passe la relation de Sandra et Ethan. Bref. Maintenant, j'ai d'autres choses à gérer, comme par exemple le fait que j'ai passé la semaine la plus *étrange* de toute ma vie. Tout à commencer lundi, je me rappelle. Si on m'avait dit ce jour-là qu'à la fin de la semaine je serais un Vampire, et que je partirais à la recherche d'une bague magique avec Emily, j'aurais simplement explosé de rire en leur suggérant d'arrêter la drogue. Tout a tellement changé, depuis. Je dors quand même dans la maison de deux sorcières, à côté d'un Vampire. Et puis merde, tout est si bizarre.

Je me lève, et marche lentement vers le salon, j'y retrouve Salomé, Alyssa, Emily et Steph. Tout le monde, quoi. Je prends place à côté d'Emily, et m'incruste dans la conversation… qui est à propos de la bague, comme tous les événements de cette semaine d'ailleurs. Devant moi, j'ai une tasse. Remplie de sang. Je regarde Emily. C'est sûrement elle qui me l'a donnée.

Qui d'autre, en même temps ? Je la remercie d'un sourire, avant de boire cul sec ce liquide rougeâtre qui m'attire tellement. Je m'essuie ensuite la bouche, avant de reposer la tasse sur la table.

- **Bien,** Stéphanie s'appuie sur la table, certainement pour signifier que ce qu'elle va dire est important. **Nous allons commencer par aller chez ma sœur, afin de voir s'ils sont toujours là-bas. Prenez du sirop d'épines de bois dans des petits flacons, ainsi que plusieurs pieux en bois. Placez le tout dans vos poches. Nous partons dans quelques minutes.**

Elle se lève. Nous faisons toutes de même. Les jumelles ont disposé le matériel sur une table, juste à côté de nous. Lorsque j'essaye de prendre un flacon de sirop d'épines de bois, ma main se chauffe, me faisant saigner.

- **Ne prends pas de ce liquide, il est vraiment toxique pour les Vampires,** me conseille mon amie. Être un Vampire commence déjà à me soûler, et pourtant, je suis dans la peau de ce meurtrier depuis seulement hier... Ça paraît tellement plus long.

Après avoir pris les armes, je demande à Emily si je peux appeler Sandra, juste pour la prévenir que nous ne pourrons pas venir au chalet, la semaine prochaine. Je suis déçue, c'est la première fois que nous devions partir toutes les cinq en vacances. Nous attendions ce moment depuis tellement longtemps... J'aurais aimé que tout cela n'ait pas eu lieu. Lorsque je compose le numéro de mon amie, la peur me monte au ventre.

*\*Conversation téléphonique\**

- *A- Allô ?*
- *Léna ? Ça fait au moins quinze fois que je t'appelle !*
- *Je sais... Je suis désolée.*
- *Mais où es-tu ? Et elle est où Emily ?*
- *Avec moi.*

- *Vous venez ? On part demain !*
- *C'est à propos de ça que je t'appelle. Nous ne viendrons pas. Désolée.*
- *Quoi ?!*
- *Désolée.*
- *Léna ! On attend ce moment depuis tellement longtemps ! Tu ne peux pas me faire ça !*
- *Emily et moi devons faire quelque chose... Quelque chose d'important.*
- *Quoi ? Non mais, tu te moques de moi ? Qu'est-ce qui est plus important que notre semaine de rêve ?*
- *Je ne peux pas t'en parler, désolée Sandra. Préviens les autres pour nous.*
- *Non mais, dis-moi que c'est une blague !*
- *Désolée, c'est très important.*
- *Tu as changé, Léna.*
- *Comment ça ?*
- *Tu n'es plus la Léna que je connaissais. Tu as changé. Cette Léna-là n'est pas ma meilleure amie.*
- *Sandra...*
- *Au revoir Léna.*
- *Sandra…*

*Fin de la conversation téléphonique*

Je ne peux m'empêcher de verser une larme. Les mots durs de Sandra résonnent encore dans ma tête. *"Tu as changé, Léna"*. J'ai envie que tout redevienne comme avant. Que Lewis ne m'ait pas mordue, que je sois dans la chambre, avec Sandra... Sandra. *"Tu n'es plus la Léna que je connaissais."* Je raconte ma conversation téléphonique à Emily. J'ai hâte que tout cela s'arrête, j'ai hâte de rentrer dans ma chambre, avec Sandra, pourquoi tout cela arrive la semaine de Noël ? Et qu'est-ce que je vais dire à mon frère ? Il va s'apercevoir que j'ai disparu ! Tout ça est si... compliqué ? Énervant ? Sandra me manque... *"Cette Léna-là n'est pas ma meilleure amie"*. C'est l'heure d'y aller. J'ai mes armes dans mes poches, et je me dirige devant l'entrée, derrière les autres. Salomé se place au volant de la voiture, à côté d'elle, Alyssa prend place. Derrière, Stéphanie est à gauche, Emily au milieu, et je me place à côté d'elle, à droite. Toujours dans mes pensées. *"Tu as changé"*. Je me perds peu à peu dans mes pensées, durant le court trajet. Effectivement j'ai changé. Je suis morte. Je suis Vampire à présent. Je suis une créature meurtrière, qui pourrait blesser n'importe qui, n'importe quand... Finalement, c'est mieux que nous ne nous voyions pas, je pourrais lui faire du mal...

Mais elle me manque tellement !

Plus nous nous rapprochons du lieu, plus j'ai peur, plus j'ai envie de faire demi-tour... Je ne veux pas mourir, pas une deuxième fois... Mais je ne veux pas tuer d'autres personnes non plus... Tout est tellement bizarre... J'ai l'impression que je ne contrôle plus ma vie... Je me nourris de sang humain, quand même ! J'ai envie de dormir, mais le stress constamment présent m'en empêche. Je déteste ma nouvelle vie. Définitivement. Mais pourquoi à moi, putain !

**- Nous arrivons dans quelques minutes.**

La voix de Salomé vient interrompre mes pensées. *Quelques minutes...* J'ai peur. Peur de quoi ? Je ne sais pas... Ce n'est pas comme si j'avais quelque chose à perdre ? Je pose ma tête sur la vitre de la voiture, admirant le paysage bougeant devant mes yeux. J'écoute la radio, qu'Alyssa vient d'allumer. Cela fait une petite musique, en fond. J'essaye de penser à autre chose... *"Tu as changé"*. Ces mots raisonnent dans ma tête, et cela est presque douloureux... Je suis fatiguée. Fatiguée de lutter, fatiguée de penser.

- **Vous vous rappelez du plan ?** demande Alyssa.
- **Oui. Il faut tous les tuer. Uniquement les Vampires, et vous, les jumelles, vous tuez Morgane par la pensée, tout en restant hors de la maison. Il faut récupérer la bague,** répond Emily, sûre d'elle. Ce plan me paraît correct, même s'il est vraiment dangereux, surtout pour Stéphanie, la seule vraie humaine.
- **Prête ?** demande Salomé, quelques minutes plus tard, en se garant.
- **Prête.** Je n'en suis pas sûre, mais il est trop tard pour reculer. Pour Stéphanie. Et Aaron. "Tu as changé". Je dois penser à autre chose. Nous sortons toutes de la voiture, avant que Salomé ne la verrouille. Je peux voir de la tristesse dans le regard de Stéphanie. Revenir ici, ça doit lui faire un choc. Surtout depuis... que Camille est morte. Je me sens mal pour elle.

Nous avançons, toutes les cinq, vers ce lieu, en marchant, lentement. Nous montons le petit escalier en bois, avant de nous retrouver devant la porte. Salomé et Alyssa vont rester à l'extérieur, afin de ne pas être perturbées pendant le sort. Nous, nous allons entrer. Bientôt.

Stéphanie me regarde, regarde Emily, et hoche la tête.

- *1...* Je ferme les yeux.
- *2...* Encore une seconde... J'écoute la voix douce de Stéphanie, me calant sur ses mots.
- *Et... 3 !* Elle hurle ce dernier nombre, juste avant que nous défoncions la porte, avant d'entrer dans cette maison, et de commencer le plan...

## Chapitre 26

### Léna

Nous entrons. Stéphanie jeta le sirop d'épines de bois sur les personnes, qui tombèrent automatiquement au sol, tellement la douleur était forte. La panique me monte au ventre. Avec ma nouvelle force surnaturelle, je lance quelques pieux en bois. *Merde...* J'ai tiré en plein sur Lewis. Celui-ci tombe au sol, et son visage... Son visage devient gris, et il ne bouge plus... du tout. Je ne me rends pas vraiment compte que c'est moi qui ai tué Lewis. Je pensais... Bref, je dois continuer.

Ils ne sont pas vraiment armés, ce qui facilite la tâche. Morgane se cache derrière une table, afin d'éviter les coups. Ce qu'elle ne sait pas, c'est que l'on ne la blessera pas, Salomé et Alyssa vont s'en occuper... Enfin j'espère. Emily vient de tirer sur Jess. C'était le dernier. Le dernier Vampire... J'arrête de tirer, regardant le carnage que nous avons créé. Au sol, plus de dix Vampires morts. Il ne reste plus qu'elle. *Morgane.* J'entends les jumelles arriver derrière nous.

- **Morgane,** la salue Salomé, d'un air légèrement sadique.

- **Que...** articule-t-elle doucement, elle paraît essoufflée. Ou inquiète ? Je dirais surtout inquiète. **Que me voulez-vous ?**

Elle nous dit cela le plus naturellement possible. Elle est sérieuse ? Elle ne sait pas ce que nous voulons ? Bien évidemment qu'elle le sait. Elle essaye juste de gagner du temps, certainement pour planifier un nouveau plan diabolique. Mais ça ne marchera pas. Pas cette fois.

- A ton avis ? continue Salomé. Son ton menaçant me fait rire, même si cela ne convient pas parfaitement à la situation.

- **Et nous voulons que tu nous expliques précisément son fonctionnement,** enchaîne la petite Alyssa. Nous l'appelons "Petite", parce qu'Alyssa est légèrement plus petite que Salomé, en taille. C'est bien la seule chose qui les différencie.

- **Jamais ! Je ne vous dirais jamais rien ! Non mais vous êtes folles ?** Après cette réponse débile de Morgane, Alyssa lui passait des sortes de menottes aux poignets, des super solides, pour ne pas qu'elle les enlève par la pensée, comme elle en serait capable. Enfin, c'est ce que j'ai compris.

Après ça, nous plaçons Morgane dans le coffre, avant de repartir chez Aaron. Stéphanie paraît un peu perturbée, après tout ce qui vient de se passer. C'est vrai que moi aussi, je me sens mal. Avoir tué toutes ces personnes... Avoir tué Lewis... Je sais qu'il était méchant, et que c'est à cause de lui si j'en suis là, au lieu d'être au chalet avec mes amies, mais il était quand même sensé être mon copain... Et dire qu'il m'a manipulée pour détourner l'attention d'Aaron... Ça me fait tellement mal, putain. Je dois penser à autre chose, à la bague. Au moins, si je n'avais pas vécu une belle histoire d'amour, je vais permettre à Stéphanie d'en vivre une, avec Aaron. Ils vont tellement bien ensemble. Et moi, je suis tellement jalouse...

Heureusement, nous savons que Morgane, qui se trouve actuellement dans le coffre, a la bague. Nous l'avons vue, sur son doigt, avant de partir. Ça aurait été débile de notre part de ne pas la prendre.

Je suis de nouveau perdue dans mes pensées, imaginant ma vie sans être devenue Vampire... Une vie où je pourrais envisager une relation avec

Lewis... une vie où je pourrais devenir mère, puis grand-mère. Une vie où je me verrais vieillir... et mourir. Seulement, mon destin en a voulu autrement. Et voilà où j'en suis, à présent. Vampire depuis seulement hier, mais déjà dépassée par les événements.

Alors c'est ça ma vie ? Je vais continuer de rêver pour l'éternité ? Sans pouvoir parler à Sandra, Marie et Kate ? Sandra... Voilà que je repense à ses mots, ses mots durs qui résonnent dans ma tête, ses mots... *"Tu as changé"*... Si seulement elle savait. J'aimerais tellement lui dire... Qu'elle comprenne, je ne veux pas la perdre. C'est ma meilleure amie. Depuis que nous sommes en maternelle. Je... je l'aime tellement, putain.

Je regarde Emily. Elle est tellement... insouciante. J'ai l'impression que tout cela ne la dérange pas, que la situation est normale... Ce qui n'est pas le cas. Nous sommes quand même des Vampires merde ! Nous allons passer le reste de nos jours à nous nourrir du sang d'autres personnes, nous allons tuer des êtres humains innocents... Je ne veux pas de cette vie-là... Mais... Ai-je le choix ?

Ma mère m'a toujours dit que j'avais toujours le choix, que c'est à moi de contrôler ma vie... Seulement, dans cette situation, je ne sais pas comment réagir. Je ne me contrôle plus, je ne vis plus comme avant. Tout a changé.

Je vois notre voiture s'arrêter sur le parking, celui de l'appartement d'Aaron. Je sors de la voiture, suivie d'Emily et de Stéphanie. Alyssa vient avec nous, pendant que Salomé sort Morgane, avant de nous rejoindre dans l'appartement. Le corps d'Aaron repose toujours sur le sol, ce qui rend ce moment assez gênant. Salomé dépose Morgane sur une chaise, et Alyssa enroule des sortes de chaînes en fer autour d'elle. Elle ne peut pas bouger. Il y a juste sa tête de libre, afin qu'elle puisse parler. Et sa main gauche, aussi. La main comportant la bague. Cette bague, la raison principale de tout ce chaos, et de tous ces événements surnaturels. Je ne pensais pas, la première fois que je l'ai vue, au doigt de Stéphanie, que ce petit élément allait changer ma vie à jamais.

- **Bien,** commence Alyssa, en croisant les bras, **dis-nous tout.**

Morgane essaye de lutter, de s'échapper, mais elle échoue. Elle est prise au piège, et elle n'a pas le choix. Elle doit se rendre. Ou elle mourra.

- **Pour...** commence-t-elle, **pour ressusciter quelqu'un, il faut faire sortir le produit de la bague... C'est de la Magie de Neptune... Ce produit, une fois dans la bouche du Vampire, le ramènera à la vie...**

De la Magie de Neptune ? Ce produit a un nom assez bizarre, je ne le connais pas. Je connais uniquement le sirop d'épines de bois, et je n'en garde pas un très bon souvenir. Ce truc m'a littéralement brûlé l'intérieur de la main, ce matin.

Salomé prend la bague du doigt de la sorcière, ce qui provoque un petit cri de sa part. Il faut qu'elle se rende à l'évidence, elle n'a aucune chance face à nous.

Salomé contemple la petite bague, si précieuse, à nos yeux. Elle la tourne dans tous les sens, de droite à gauche... Je ne comprends pas bien ce qui se passe dans sa petite tête. Elle regarde fixement Alyssa, avant de reprendre la parole.

- **Et comment nous faisons sortir ce "produit" ?**

Je savais bien qu'il y avait un problème. Mais cela, ce ne doit pas être grave, ce n'est qu'un détail.

- **Je ne vous le dirais pas,** dit simplement Morgane. J'ai l'impression qu'elle vient de retrouver confiance en elle, ce qui m'inquiète.

- **Alors nous serons dans l'obligation de te tuer,** répond simplement Alyssa, en croisant les bras.

**- Je sais très bien que vous ne me tuerez pas.**

Elle dévisage Alyssa, ce qui semble l'énerver de plus en plus. Cette fille est la reine des provocatrices.

**- Et pourquoi penses-tu cela ?** répond Salomé, en se moquant légèrement d'elle. Elle essaye de garder le dessus.

Emily, Stéphanie et moi restons silencieuses. A vrai dire, nous ne savons pas trop quoi dire. J'ai un assez mauvais pressentiment. Je me demande pourquoi elle a retrouvé toute sa confiance, tout à coup. Ce n'est pas normal, elle devrait avoir une peur bleue de Salomé et d'Alyssa, surtout dans la situation où elle trouve. Elle a peut-être élaboré un nouveau plan ? Elle a largement eu le temps, dans la voiture! Je n'espère pas. Si c'est le cas, notre plan va échouer. Il ne faudrait vraiment pas que ce soit le cas.

**- Parce que je suis la seule personne qui connaît la formule.**

Elle fait un clin d'œil sadique à Salomé. Putain. Je crois savoir où elle veut en venir.

**- Et ?** demande Salomé, qui ne semble pas avoir compris. Enfin si, elle a compris, mais elle ne veut pas comprendre. Je la comprends. Morgane est tellement une... une salope. Je crois que c'est le bon mot. C'est une grosse salope.

**- Et si je meurs, personne ne sera comment ressusciter Aaron. Et ce serait dommage, n'est-ce pas?**

Elle regarde fixement Stéphanie durant toute cette phrase. Non mais, elle est sérieuse, elle ?

Stéphanie baisse les yeux. Morgane n'a pas tort, nous ne pouvons pas la tuer, enfin, pas encore. Pas avant qu'elle ne nous ait tout dit. Ce qui, à mon avis, n'est pas gagné. Je la déteste. Je vais la tuer de mes propres mains si elle continue de refuser de parler.

Je regarde Salomé. Elle regarde le sol, elle cherche simplement un nouveau plan, où un nouveau moyen de faire parler la sorcière.

Ça va être plus compliqué que prévu. Et le corps inanimé d'Aaron au sol n'arrange rien à la situation.

On va y arriver... Je ne cesse de me répéter ses mots, même si j'ignore encore si ça va être le cas...

## Chapitre 27

**Sandra**

Je viens de finir mes valises. Je dépose le tout devant la porte de ma chambre d'étudiant. Cette chambre, si vide sans Léna. Je verse une petite larme. Plus rien ne sera pareil. Nous allons passer une semaine affreuse. A quatre. Oui, quatre. Ethan va venir avec nous. Nous sommes en couple, et tout va pour le mieux, pour nous. Je l'aime vraiment beaucoup. Il est si... adorable ? mignon ? Je ne sais pas vraiment.

Une chose est sûre, c'est que je l'aime et qu'il m'aime. Ce type, c'est toute ma vie, toute mon existence, tout. Putain, je l'aime. Je l'aime depuis le début, mais j'avais peur que ce ne soit pas réciproque. Il est tellement beau ! Et comique. Il me fait rire.

Il m'a beaucoup remonté le moral, quand j'ai pleuré, après ma conversation téléphonique avec Léna. Je lui ai dit des choses affreuses, que je ne pensais pas. Mais j'étais tellement énervée et blessée ! Nous attendions cette journée depuis tellement de temps !

J'en ai parlé avec Kate et Marie. Elles sont d'accord avec moi. Mais je pense qu'elles nous cachent quelque chose... Elles n'ont jamais refusé de nous voir, sans raison, surtout pas lorsque c'était prévu depuis longtemps.

Elles ont changé...

Ça me fait terriblement mal de le dire, mais c'est la vérité. Elles ne sont plus comme avant, comme quand nous parlions pendant des heures, comme quand nous nous voyons trois fois par jour... Et puis Emily.

Elle est partie plusieurs jours sans nouvelle. Et après ? Après, elle est revenue au bal du lycée, en nous parlant comme si de rien n'était. Comme si tout cela était normal, ou n'avait jamais eu lieu. Et elle n'a même pas pris la peine d'appeler.

Elles ne sont plus les mêmes...

D'ailleurs, à propos du bal, Lewis et Aaron ont aussi disparu... Est-ce une coïncidence ? Mais sinon, cela voudrait dire qu'elles ont préféré passer Noël avec eux qu'avec nous. Et, si c'est le cas, je leur en voudrais tellement...

Elles ont changé. Elles ne sont plus les filles qui ont été mes amies. Je ne pensais pas qu'on passerait de cinq à trois, un jour. Pourtant, c'est arrivé. C'est ce qui est en train de se passer. Et puis merde, ça fait tellement mal.

J'aimerais bien la rappeler, afin de mettre tout cela au clair, mais ma petite fierté personnelle m'en empêche. *"C'est elle qui est partie, alors c'est à elle d'appeler."* Je me répète cette phrase en boucle d'en ma tête, afin d'y croire. Pour l'instant, ça ne marche pas... du tout.

Elle me manque, nous ne nous étions pratiquement jamais fâchées, enfin, pas pour ce genre de chose. Ça fait bizarre de se dire qu'elle ne rentrera pas à la chambre ce soir, qu'elle ne reviendra pas. Et peut-être jamais... Qui sait?

## Chapitre 28

### Léna

Je vois mes amies se creuser la tête, sous les regards sadiques de Morgane. Nous devons trouver une solution. Mais laquelle ? Tout est si compliqué.

**- Je vais la torturer. Elle va bien craquer, au bout d'un moment,** s'exclame Salomé, comme si elle n'avait plus le choix.

Habituellement, je suis contre ce genre de chose, contre la maltraitance, mais là, il faut avouer que nous n'avons plus vraiment le choix.

Je repense au mot de ma mère... "Tu as toujours le choix..." J'aimerais tout lui dire, tout lui raconter. Mais je ne peux pas, et de plus, elle ne me croirait pas. Je me perds dans mes pensées... "Tu as changé". Sandra. Ses paroles retournent de nouveau dans la tête. Mais quand cela va-t-il cesser? Je me torture plus qu'autre chose, en pensant à elle.

J'espère que Morgane va craquer.

**- Je ne vous dirais rien. Arrêtez de perdre votre temps,** nous dit-elle.

J'espère qu'elle a tort.

**- Alyssa,** dit Salomé, avant d'hocher la tête.

Salomé prit les mains d'Alyssa, afin de réunir leurs énergies, je suppose. Elle récite une sorte de formule magique, et, aussitôt, Morgane se tord de douleur, poussant des cris affreux.

Ce n'est vraiment pas beau à voir. La sorcière se tord de douleur sur sa propre chaise, priant Salomé pour que cela s'arrête.

D'un coup, elle arrête de pousser des cris. Elle reprend peu à peu son souffle.

**- Tu vas tout nous dire maintenant.**

Alyssa croise les bras, comme pour lui prouver qu'elle est sérieuse, mais je pense que Morgane l'avait compris, après la véritable torture qu'elle vient d'endurer.

- **Très bien... Très bien...** dit-elle, en baissant les yeux. **Je ne vous pensais pas aussi puissantes,** marmonne-t-elle, mais ça se voit qu'elle n'aime pas ce qu'elle est en train d'avouer. Elle essaye certainement de gagner du temps, même si cela est inutile.

- **Parle,** crie Salomé, qui commence à s'impatienter.

Pendant tout ce temps, aucune de nous trois ne parle. Tout ça est nouveau pour nous, et nous ne sommes pas habituées à voir souffrir des gens, pas de cette manière, en tout cas.

- **Très bien... Très bien,** répète-t-elle. **Il faut juste que vous posiez la bague sur le cœur de Aaron, et...**

Elle marque une pause.

- **Et quoi ?** Alyssa est énervée.

- **Et dites : "Morgane, toi la sorcière au pouvoir incroyable, ramène cet être à la vie."**

Alyssa la dévisage méchamment. Quelle narcissique !

- **Et c'est tout ?**

Morgane acquiesce.

Après cela, devant nos regards inquiets, Salomé pose la bague sur le corps inanimé d'Aaron, avant de placer ses mains sur le torse de celui ci, ce qui provoque la jalousie de Stéphanie.

Salomé récite la formule, et Aaron ouvre peu à peu les yeux. A ce moment-là, Alyssa plante un bâton dans la tête de Morgane. Je pousse un cri d'horreur.

- **Mais pourquoi as-tu fait ça ?**

Je pleure. Je regarde le cadavre de Morgane sur la chaise, la tête transpercée.

- **Elle devait mourir,** me répond-elle simplement.

Aaron se redresse, ouvre les yeux. Stéphanie lui saute dans les bras.

- **Stéphanie ?** murmure-t-il, en se frottant les yeux.

- **Oui,** répond-elle, en prenant son visage dans ses mains, **c'est moi bébé.**

Et, après cette phrase, elle conclut par un doux baiser sur les lèvres de son âme soeur.

# Fin

**Epilogue**

Après cette scène plutôt romantique, Stéphanie continue de sortir avec Aaron, et tout va pour le mieux entre eux. Stéphanie a pardonné aux jumelles, et elles sont toutes les trois de nouveau en bons termes.

Emily et Léna ont tout raconté à leurs amies, et après quelques heures, elles redeviennent aussi soudées qu'avant. Ils partent donc au chalet à dix. Dix ? Oui, Sandra, Kate, Marie, Emily, Léna, Ethan, Stéphanie, Aaron, Salomé et Alyssa. Ils vont passer une semaine de rêve.

Et même une vie de rêve.